CAPTURER UNE FAË

REVENDIQUÉE PAR L'ALPHA

MILA YOUNG

Traduction
SOPHIE SALAÜN
Sous la direction de
JEAN-MARC LIGNY

Capturer une Faë © Copyright 2021 Mila Young

Couverture par Moorbooks Design

Traduction: Sophie Salaün

Sous la direction de: Jean-Marc Ligny

Venez découvrir mes romans sur www. milayoungbooks.com/french-home

CONTENTS

REVENDIQUÉE PAR L'ALPHA

Capturer une Faë

Séduire une Faë

Apprivoiser une Faë

Revendiquer une Faë

CAPTURER UNE FAË

Il y a bien longtemps, les ténèbres et la lumière se rejoignirent pour créer la beauté... une beauté destinée à détruire ce monde.

Encore ce rêve qui revient, toujours ces mêmes bois sombres et tortueux ; c'est un endroit que je ne connais que trop bien, où j'ai déjà voyagé des centaines de fois auparavant.

Mais ma mère adoptive insiste, ce n'est qu'un rêve. Alors pourquoi est-*il* toujours dans ma tête ? Celui qui n'a pas de nom, qui refuse de me le donner.

Il m'appelle *petite louve,* me confie ses secrets, m'écoute, et ses paroles coquines me font rougir. Jusqu'au jour où tout bascule.

Je ne suis pas prête pour un monde qui n'est pas censé exister. À rencontrer trois hommes magnifiques et sexy dotés de pouvoirs inimaginables, tous plus dangereux les uns que les autres. L'un est dominateur et terrifiant. L'autre est cruel en paroles. Le troisième a indubitablement ravi mon cœur, et persiste à dire que je lui appartiens.

Ils affirment que je cours un danger, mais leur protection suffira-t-elle à m'en préserver, à m'aider à être heureuse avant qu'il ne soit trop tard ? À m'éveiller à ma véritable nature ?

Légendes des Faë

Il y a bien longtemps, les ténèbres et la lumière se rejoignirent pour créer la beauté... une beauté destinée à détruire ce monde.

Rien n'allait dans les bois aujourd'hui.

Je glissai de quelques pas en arrière, le cœur battant à tout rompre. Une silhouette m'observait de derrière un arbre noueux.

Elle était engloutie par les ténèbres, n'avait pas de forme et s'estompait dans l'obscurité grandissante, mais je sentais ses yeux – rivés sur moi. J'en étais malade, jusqu'à la nausée.

Des branches tortueuses pointaient vers les nuages orageux, se balançaient dans le vent comme des griffes qui cherchaient à m'atteindre. La terreur m'envahit, me hurlant de courir, et ma peau fut parcourue de frissons électriques.

Il me tuerait si je restais. Je le savais, le sentais jusque dans mes os.

Je fis volte-face et me ruai vers la bande de terre nue, rassemblant l'énergie pour me propulser encore plus vite. Son souffle frôlait mon cou, ses pas martelaient le sol.

La panique me submergea à l'idée que cette fois, il allait m'attraper.

La lande était envahie de buissons épineux et d'arbres morts. Au-delà de la forêt abandonnée persistaient des flashes de liberté, des bribes d'un immense royaume où se reflétaient les rayons dorés du soleil. Mais ce royaume était terriblement loin, on ne pouvait l'atteindre qu'en grimpant des escaliers de pierre tortueux, et en traversant un pont en arc qui enjambait deux montagnes. Jamais je n'y parviendrais à temps. Autant essayer d'attraper la lune.

Un craquement de feuilles et de brindilles me parvint. Je pivotai, la peur m'enveloppant comme un lourd manteau d'hiver étouffant.

L'obscurité totale se fit, tandis que le vent hurlait dans mes oreilles.

Un cri m'échappa. Mes paumes fourmillaient d'une puissance dont la douleur brûlante se répandait en moi.

Il me heurta de plein fouet.

Je hurlai, mes pieds s'emmêlèrent. Je me retournai, tendis les mains pour étreindre le pouvoir, et le repoussai dans l'ombre.

Puis je tombai. Les ténèbres envahirent mon monde, m'attirèrent, m'emportèrent.

Et je me laissai aller. Comme toujours.

CHAPITRE 1

Tu es réveillée, Guen ?

La voix de Debbie brisa le silence et me ramena au présent dans un sursaut. Je me rappelai que j'étais assise dans son bureau... J'étais déjà au courant, mais parfois, j'oubliais des choses.

Ma mère d'accueil me tapota le bras, puis remua dans son siège en soufflant.

– Celle-ci, toujours en train de rêvasser. Je jurerais qu'elle vit plus dans sa tête que dans le monde réel.

Je m'affalai dans mon siège et croisai le regard brun sombre de Mlle Williams assise en face de nous, de l'autre côté du bureau. Elle avait l'air jeune, si l'on faisait abstraction des quelques cheveux blancs parmi ses boucles brunes. Elle devait avoir dans les quarante-cinq ans.

Elle m'étudia, prenant sans doute quelques notes mentales sur les changements qu'elle repérait chez moi depuis notre dernière entrevue. Sa table de travail était impeccable, comme le reste de son bureau stérile. Son nom et son titre étaient gravés sur une plaque posée sur le bord du meuble :

Debbie Williams, docteur en médecine
Psychiatre clinicienne

Comme si les gens qui venaient ici pouvaient oublier qu'ils voyaient une psychiatre spécialisée dans les troubles mentaux.

– Comment tu dors, ces derniers temps ? demanda-t-elle.

– Pas bien.

Jamais bien. Les rêves arrivaient toujours, et quand je me réveillais, j'étais épuisée.

– Tu as essayé les nouveaux médicaments que je t'ai prescrits ?

Je hochai la tête, tout comme ma mère d'accueil, qui écarta de son visage quelques mèches folles de ses cheveux châtains. Elle s'assurait que je prenais bien les médocs. Ils m'assommaient, mais les rêves venaient malgré tout, quoi que je fasse.

Schizophrénie. Quelques semaines auparavant, j'avais lu ce mot dans les notes du médecin, quand elle ne regardait pas. Même si elle ne m'avait pas donné de diagnostic, au moins, maintenant, je pouvais mettre un nom sur ce qui n'allait pas chez moi. J'avais lu des choses à ce sujet, essayé de m'auto-diagnostiquer sur Google, et trouvé quatre types de schizophrénie. Je n'étais pas sûre de correspondre à un type de trouble en particulier ; c'était plutôt comme si j'avais des symptômes d'un peu tout.

Mais peut-être Mlle Williams soupçonnait-elle un autre problème, ce qui expliquerait pourquoi elle ne m'avait pas encore donné son pronostic final. Pourrait-il y avoir pire que la schizophrénie ?

Mon estomac se noua en y repensant. Pour une raison que je ne m'expliquais pas, la pièce était trop lumineuse aujourd'hui, bien que les plafonniers soient éteints. La réverbération du soleil sur les murs blancs me brûlait les yeux.

Mlle Williams se leva de sa chaise, lissa sa jupe crayon bleue, et traversa la pièce pour baisser les stores, atténuant l'éblouissement. Je l'aimais bien, même si elle scrutait le moindre de mes mouvements, la moindre réaction, et analysait mon comportement. Je voyais des thérapeutes depuis que je fréquentais les familles d'accueil… toute ma vie, en fait.

– Est-ce que tu fais toujours des rêves peu communs ? me demanda-t-elle.

Je hochai la tête, les yeux baissés, me rappelant l'ombre qui venait toujours me chercher.

– Parfois. Mais je me sens mieux.

Je levai la tête et la vis prendre des notes dans son carnet. J'oubliais des choses parfois, je rêvais d'un royaume qui n'existait pas, et j'avais l'impression de ne pas avoir ma place… dans ma propre peau. Non, dans ce *monde*.

Je jetai un œil à l'horloge sur le mur. Déjà presque une demi-heure de passée.

– Eh bien, nous pourrions mettre fin à la séance maintenant. (Debbie remit une nouvelle ordonnance à ma mère d'accueil.) Jen, vous auriez un instant ?

Je me levai, ramassai le sac sous mon siège et gagnai la porte.

– Merci, lui lançai-je par-dessus mon épaule en saisissant la poignée.

Je détestais ces séances qui me faisaient tout remettre en question à mon sujet. Ces deux-là avaient souvent des discussions en privé. Quels genres de secrets pouvaient-elles détenir sur moi que j'ignorais ? Mais j'avais appris il y a bien longtemps que les réactions de colère ne me valaient qu'encore plus de médicaments, car j'étais instable. Folle. Peu fiable.

Tu es bien plus que folle, petite louve. Le grondement grave, profond et doux de sa voix enveloppait mon esprit, résonnait jusque dans mes os. Celui qui n'avait pas de nom, qui refusait de me le donner, qui était toujours dans ma tête. C'était une chose que je n'avais jamais dite à personne ; si je le faisais, je finirais à l'asile.

8

– Wouah, tu es en veine de compliments aujour-d'hui, marmonnai-je à mi-voix.

Je pénétrai dans la salle d'attente, laissant ma mère d'accueil derrière moi. Tête basse, je resserrai ma veste autour de moi en traversant la pièce, refusant tout contact visuel. Nous avions tous nos propres ténèbres dans nos têtes, et je ne voulais pas voir leur folie gravée sur leurs visages.

– Papa m'a dit qu'il ne pouvait pas venir ici et que je pouvais récupérer son ordonnance. J'ai un mot signé, grogna un type à l'infirmière par-dessus le comptoir.

Je jetai un œil dans sa direction. Il se renfrogna, et ses iris bleu glacier, couronnés des plus longs cils que j'aie jamais vus, se plantèrent dans les miens. Il avait des cheveux noirs coupés courts, ébouriffés sur sa tête. Je le reconnus. Toutes les filles de l'école tombaient en pâmoison devant son rictus. Il tordit ses lèvres avant de reporter son attention sur l'infirmière qui lui faisait la leçon. Je franchis d'un pas vif la porte d'entrée et me retrouvai dehors, où je pouvais respirer plus facilement.

Apparemment, le type le plus populaire de l'école et moi avions quelque chose en commun. Quelque chose de fou.

Je frottai mes mains l'une contre l'autre jour les réchauffer et parcourus le parking du regard, avant de me rendre dans la petite supérette toute proche, où je pris une boisson énergisante dans le réfrigérateur. Je sortis de la monnaie de ma poche, que je déposai dans la main du vieil homme derrière la caisse.

– –, Te voilà ! souffla Jen à la porte du magasin.

Elle était vêtue de son pantalon de tailleur et d'un chemisier blanc tendu au niveau des boutons. Elle avait toujours été au régime, et avait récemment perdu du poids ; ça lui allait bien.

– Je t'ai dit de toujours m'attendre près de la voiture. Toi et Oliver, vous me rendez dingue, tous les deux !

La cannette à la main, je la suivis dehors.

– J'avais juste besoin d'un remontant avant d'aller en cours. Et Oliver est un emmerdeur avec tout le monde.

Mon frère adoptif était le diable incarné.

Elle souffla.

– Il n'a que neuf ans ; ça lui passera avec l'âge. Et je n'aime pas que tu boives ces trucs. Ce n'est pas bon pour toi.

– Ça me tient éveillée. (Je tirai sur la languette de métal, et la boisson siffla.) Alors, elle a dit quoi la psy après mon départ ?

– Je préfère Debbie à celle d'avant. Elle s'inquiète juste que tu ne dormes pas assez.

J'avalai une grande gorgée de délice parfum cerise, puis attendis que Jen trouve ses clés dans son sac. Un rapide coup d'œil à mon reflet dans la vitre de la voiture me montra mes cheveux blonds flottant au vent, des sourcils clairs que je détestais, et des yeux bleus qui n'arrangeaient en rien ma pâleur. J'avais envisagé de me teindre les sourcils, un truc à faire soi-même, mais je n'avais pas vraiment envie de me retrouver avec deux chenilles noires sur le front.

Enfin, Jen ouvrit la portière passager de sa berline argentée.

– Tu vas me répéter ce qu'elle a dit.

Je montai, et elle s'installa derrière le volant.

– Que veux-tu que je te dise, Guen ? Elle me coûte la peau des fesses, elle doit sûrement savoir ce qu'elle fait.

Jen me fixa, haussant ses sourcils parfaitement épilés, puis tourna la clé de contact.

Je coinçai la cannette entre mes cuisses et m'attachai.

– C'est le gouvernement qui paie pour ça, lui rappelai-je par-dessus le grondement du moteur.

Mais à chaque séance bimensuelle, elle se plaignait du coût, comme si elle regrettait de ne pas payer elle-même.

Elle sortit du parking et s'inséra prestement dans la circulation ralentie du matin.

– Alors, tu vas me raconter ?

J'avalai plusieurs gorgées.

– Quelle différence cela fera ? Tu prends tes médicaments, et tout ira bien.

Je vis tressauter le coin de sa paupière.

– Je vois très bien quand tu mens.

– Arrête de me dévisager. Tu as pris tes livres pour l'école ?

– Oui, je les ai. Je t'en prie, Jen, pour de vrai, elle t'a dit quoi, Debbie ?

– Je t'ai dit de ne pas m'appeler comme ça.

Je poussais un gros soupir et me recalai dans le siège, contemplant les hauts immeubles devant lesquels nous passions, les devantures, les gens qui traversaient au milieu de l'embouteillage.

– Elle a dit qu'elle craignait que tu puisses être dangereuse.

Je me raidis.

Dangereuse ? Je n'aurais jamais fait de mal à personne. Je ne l'avais jamais fait.

– Pourquoi elle pense ça ?

Je sentis un malaise s'installer dans ma poitrine. Une petite partie de moi était morte le jour où j'avais marché sur une fourmi par inadvertance. Comment pourrais-je être dangereuse ?

Elle pinça les lèvres et me jeta un regard.

– Parce que tu n'as besoin de personne et que tu insistes pour être seule.

Les mots tournoyèrent en moi comme des mouches sur une charogne. Être solitaire me rendait donc dangereuse ?

– Est-ce que tu as essayé de te faire des amis ? s'enquit-elle, comme si elle ne m'avait jamais vue me mêler aux élèves des trois dernières écoles que j'avais fréquentées.

Ces changements d'école étaient dus uniquement au fait qu'elle nous faisait déménager sans cesse pour être plus proches de son dernier petit ami en date.

– J'ai un ami au lycée Brax.

– Ne me parle pas d'Antonio, sinon je vais…

– Oui, Antonio est mon ami.

Jen crispa ses mains sur le volant.

– Et il a une mauvaise influence sur toi. Je t'ai dit que je l'ai vu une fois acheter des médocs au magasin du coin. Ne t'attire pas d'ennuis.

Je soufflai bruyamment avant de me recaler sur mon siège.

– C'est un gentil garçon, et il me parle quand les autres se contentent de me fusiller du regard.

– Mais il n'y a pas de filles avec qui tu t'entends à l'école ?

Je contractai la mâchoire.

– Elles me détestent, alors non, je ne m'entends pas avec elles.

Je me détournai pour contempler la circulation qui se fluidifiait. Il y avait d'autres familles qui riaient, qui parlaient de choses normales, comme du programme à la télé ce soir-là.

– Peut-être que si tu avais plus d'amis, tu n'aurais pas constamment des ennuis.

Comme elle ne s'arrêtait pas, je me penchai pour plonger la main dans mon sac à dos et y récupérer mes écouteurs. Je les fourrai dans mes oreilles, plantai le connecteur dans la base de mon téléphone, et montai le son à fond.

Qu'ils te détestent. Sa voix me parvint à travers la musique. *Tant qu'ils te craignent, petite louve, tout ira bien.*

CHAPITRE 2

— *À* plus tard.

Je claquai la portière de la voiture de Jen et me tournai vers l'école tandis qu'elle s'éloignait. Le lycée de Brax était un long bâtiment de briques, avec des marches sur le devant, des range-vélos rouillés, et des portes fermées à cet instant, car les cours avaient déjà commencé.

Des nuages gris s'étiraient dans le ciel tandis que le vent hurlait, annonciateur d'un orage en approche. Malgré ma chemise à manches longues, un froid glacial me saisit, et je me frottai les bras pour atténuer les frissons. Ma jupe plissée bleue de l'école virevolta sur mes cuisses ; pas très efficace pour éloigner le froid.

Je préfère quand on est rien que tous les deux.

– On est toujours que tous les deux.

Ce qui était un peu triste.

Non, non, non. Il éclata d'un rire sournois, et, de manière étrange, sexy.

Ce n'était pas le genre de choses que j'aurais dû penser de la voix dans ma tête, mais d'un autre côté, j'étais en train de me parler toute seule. Quitte à être folle, autant en profiter, non ?

Quand il n'y a que nous deux, tu réponds, et je peux te faire ressentir des choses. Te faire oublier tout le reste.

– Même si ça me paraît très tentant, j'ai cours maintenant, marmonnai-je. Retourne là d'où tu viens.

Aïe. Tu veux savoir d'où je viens ?

– Ne recommence pas. Tu es venu de l'ombre, de la nuit la plus obscure, bla-bla.

Pas de réponse ? Parfait.

Mon sac à la main, je montai à la hâte les marches de l'école et, devant les doubles portes, j'appuyai sur le bouton pour qu'on me laisse entrer. Je sortis le mot du médecin de ma poche. Un ronronnement attira mon attention sur la caméra au-dessus de moi, qui pivotait pour vérifier qui était à la porte.

Je peux te briser, murmura-t-il.

Je baissai la tête hors de vue de la caméra pour lui répondre.

– Tu ne peux pas briser ce qui l'est déjà.

Je ne parlais pas de ton esprit.

Ses mots me firent tressaillir. S'il était seulement dans mon esprit, comment pouvait-il physiquement me faire du mal ?

De la plus délicieuse des manières, répondit-il d'une voix qui pouvait facilement inciter au péché.

La chaleur m'envahit un peu trop vite.

La porte d'entrée s'ouvrit, me faisant tressaillir. Le principal Johnson se tenait devant moi, sourcils froncés, vêtu de son pantalon de costume marron et d'un gilet assorti sur une chemise noire. Il baissa les yeux sur le mot que je lui tendais, et claqua la langue.

Sans rien dire, il prit le papier et parcourut le mot avant de me faire signe d'entrer.

– Les cours viennent juste de commencer. Vous ne devriez pas avoir manqué grand-chose.

Il avait un ton dur aujourd'hui. Quelqu'un avait dû l'énerver.

– Merci.

Je remontai la bretelle de mon sac sur mon épaule et m'engageai dans le couloir silencieux, violemment éclairé par une rangée de néons au plafond, qui plongeaient les casiers dans une ambiance jaunâtre.

J'ouvris la porte de mon cours d'histoire, dont les gonds couinèrent comme une banshee[1], et j'entrai sous le regard de tous les autres. Formidable.

– Va t'asseoir, vite, m'ordonna Mlle Brown. (Elle portait sa robe noire et un épais trait de kohl, qui la faisait ressembler à un raton laveur.) Qui peut me dire, enchaîna-t-elle sans attendre, pourquoi l'Église était en colère contre Galilée ?

Tête baissée, je traînai les pieds dans la rangée de

sièges, visant celui resté vacant au fond de la salle, surveillant chacun de mes pas sur le sol en lino.

– L'Église catholique le qualifiait d'hérétique, dit un élève. Il pensait que la Terre tournait autour du soleil.

– Oui, et quelles valeurs de l'Église se trouvaient menacées par les théories de Galilée ?

Je reçus un coup de pied à l'arrière du genou, et mes jambes cédèrent sous moi.

Je glapis quand mes pieds se dérobèrent et que je perdis l'équilibre ; mon pouls martelait mes oreilles. Je heurtai le sol avec un bruit sourd, mes genoux et mes coudes amortissant le plus gros de la chute.

– Fils de… grondai-je.

Des rires explosèrent dans toute la salle, et les élèves applaudirent.

Je me figeai, le visage en feu. La fureur envahit mes veines.

– Tout le monde s'assied maintenant ! cria Mlle Brown.

Je me relevai et regardai la moitié de la classe qui fixait la ratée – moi –, mais mes yeux se bloquèrent sur Sabrina. La beauté de l'école, de parfaits cheveux brillants, une peau sans défaut, des sourcils impeccablement arqués. Un mètre soixante-dix, élancée, avec des boucles blondes qui lui tombaient à la taille, je la haïssais plus encore à ce moment que je ne l'aurais cru possible.

Je baissai les yeux sur mon mètre soixante, pas

vraiment mince, avec des seins trop menus et des hanches trop larges.

Je savais que c'était elle qui m'avait fait tomber… C'était toujours elle.

Ses yeux cruels et froids étincelaient de colère. La seule chose à laquelle je pensais, c'était que si elle voulait me détruire, je me battrais et l'entraînerais en enfer avec moi.

Quelques semaines auparavant, je l'avais surprise en train de fumer dans les toilettes des filles. Elle s'était fait prendre, et depuis ce moment-là, elle considérait que c'était forcément moi qui l'avais balancée ; mais ce n'était pas le cas.

– Asseyez-vous tout de suite ! aboya l'enseignante, mais personne ne l'écouta.

Les élèves bavardaient et se gaussaient de moi.

Je me penchai pour ramasser mon sac par terre, puis d'un mouvement vif et large, le balançai à la figure de Sabrina. Il la frappa sur le côté droit, effaçant son sourire au passage.

Elle hurla, et du sang éclaboussa sa bouche à l'endroit où la fermeture éclair avait fendu sa lèvre.

Je déglutis et me précipitai à ma place, sans la moindre once de remords.

– Elle m'a attaquée ! cria Sabrina, le menton couvert de sang.

– Ça suffit, répondit Mlle Brown. Ce que j'ai vu, c'est que tu as fait tomber Guen. Dépêche-toi d'aller à l'infirmerie pour faire examiner cette coupure, puis tu iras dans le bureau du principal.

La bouche de Sabrina se tordit.

– Mais elle vient de me frapper. Je saigne.

Un sourire me démangeait la bouche, mais je me contentai de baisser la tête et me tasser sur mon siège.

– Sors d'ici ! intima Mlle Brown, indifférente à la tentative d'apitoiement de Sabrina.

J'avais toujours apprécié cette prof. Elle me demandait comment se passait ma journée quand la plupart des autres enseignants faisaient comme si je n'existais pas.

Sabrina rassembla ses livres et son sac.

– Pourquoi on autorise un monstre comme elle à venir dans notre classe ? J'ai entendu dire qu'elle prend des médicaments pour ne pas perdre les pédales et nous tuer tous. Regardez ce qu'elle m'a fait ! Attendez un peu que mes parents soient au courant.

Tu aurais dû lui arracher la langue pour ça.

Je grimaçai intérieurement, mais je n'étais pas dupe. Tout le monde parlait de moi à l'école.

Un rire fusa dans ma tête, un son étrangement apaisant. *Laisse-les te craindre. C'est mieux d'être un loup qu'un mouton.*

Je gardai le silence, ne dis rien tant que la porte ne fut pas fermée, puis je levai les yeux. L'amie de

Sabrina me jetait des regards noirs. Avec le recul, je n'aurais peut-être pas dû la frapper.

Tu aurais dû la frapper plus fort.

– Bon, revenons à Galilée.

L'enseignante tapa dans ses mains pour ramener l'attention de tout le monde à elle et la détourner de moi.

J'ouvris mon cahier et me plongeai dans des mots qui devinrent flous devant mes yeux, laissant la leçon absorber toutes mes inquiétudes et ma peur à l'idée d'avoir ouvert la boîte de Pandore. Crayon en main, je dessinai un arbre au coin de la page, avec de longues branches tordues, et puis d'autres pour passer le temps.

Au déjeuner, j'avalai rapidement un sandwich, la tête embrumée. Je me pinçai l'arête du nez pour apaiser la douleur grandissante derrière mes yeux, puis fourrai mon sac à dos dans mon casier. Les élèves s'entassèrent dans le couloir, parlant fort, mêlés dans une cacophonie chaotique. Je refermai mon casier et partis à contre-courant, tout le monde se dirigeant vers la cafeteria. Aujourd'hui, je ne pouvais pas supporter la foule.

La sortie était juste devant moi, et je franchis précipitamment les portes battantes, en manque d'air.

– Monstre !

Quelqu'un me bouscula d'un coup d'épaule au passage.

L'amie de Sabrina rayonnait d'une haine qui déformait ses traits. Un carré brun coupé à la perfection, sans la moindre mèche de travers. Elle était pâle... trop pâle. Elle avait noué sa chemise d'uniforme sur son ventre, révélant un morceau de peau. Tout cela constituait son look de la semaine. Le plus triste, c'était que je ne connaissais même pas son nom... et n'avais aucune envie de l'apprendre.

Fourrant les mains dans les poches de ma veste d'uniforme, je m'éloignai du bâtiment principal et en fis le tour en direction des terrains de basket en plein air.

Toute en béton et métal, cette école était plus ancienne que les précédentes, mais toutes se confondaient dans mon esprit. Nous avions déménagé ici pour Luke, le nouveau petit ami de Jen qu'elle avait rencontré sur Tinder. Jusqu'ici, après plusieurs mois de relation, ils n'avaient pas encore eu de grosses disputes. Peut-être que je resterai à Brax plus d'une année. Ce qui constituerait un record pour moi.

L'herbe séchée crissa sous mes baskets, et je me surpris à espérer qu'il m'attendait, alors je gonflai mes cheveux. La brise s'amplifia, et ma jupe d'uniforme flotta autour de mes cuisses pendant que je scrutais les terrains vides.

– Tu exhibes tes jolis sous-vêtements bleus ? murmura un garçon.

Antonio ! Je sentis son regard sur moi avant de me

retourner, et mon cœur se mit à battre la chamade.

Il était adossé à l'arrière du bâtiment. Mon sang se figea à sa vue. Ses cheveux couleur miel couvraient ses oreilles, contrastant avec sa peau bronzée. Il adorait surfer, il me l'avait dit, et quand l'été viendrait, je prévoyais d'aller l'observer en pleine action. Quand il ne porterait pas de chemise. Peut-être lui demanderais-je de m'apprendre à surfer.

Avec un clin d'œil qui faillit me faire totalement fondre, il tira une taffe sur le joint qu'il tenait entre le pouce et l'index, et ses joues se creusèrent quand il aspira.

Depuis le jour où j'avais croisé ces yeux bleus brillants dans le couloir, j'avais totalement succombé. Et à cet instant, comme alors, ses yeux me souriaient avec un éclat diabolique.

Il souffla paresseusement des ronds de fumée qui flottèrent dans l'air, emportés par la brise, mais j'eus le temps de percevoir des notes de pin mélangées à une odeur pestilentielle qui envahit mes narines.

– Tu veux goûter ?

Il me tendit son joint.

Je secouai la tête et me rapprochai du bâtiment pour m'abriter du vent.

– J'ai déjà la tête dans le brouillard.

– Ça pourrait t'aider.

Sa voix était sincère et très rêveuse.

Alors je tendis la main et nos doigts se frôlèrent quand je saisis le joint. Je ressentis un picotement sur ma peau à l'endroit où nous nous étions touchés, et mon rythme cardiaque accéléra.

Une bouffée, et la fumée s'engouffra dans ma gorge. Je crachai mes poumons tandis qu'un nuage de fumée sortait à la fois de ma bouche et de mon nez.

Il me reprit le joint en riant.

– Ça prend un peu de temps pour s'y habituer.

Je repris mon souffle et toussai de nouveau, la gorge sèche, irritée. Je m'étouffai tandis que la chaleur montait dans mon cou et sur mes joues. Il savait que je n'avais jamais fumé d'herbe avant.

Encore une taffe, murmura-t-il dans ma tête. *Ça va te calmer.*

– Je crois que j'ai eu ma dose.

– Comment s'est passée ta séance ce matin ?

Antonio prit une autre taffe.

L'entretien me traversa l'esprit, ainsi que l'inquiétude de la psy.

– Elle croit que je suis dangereuse, balançai-je, détestant le dire à voix haute.

Mais Antonio était la seule personne à qui je disais ce genre de choses, même si j'avais peur qu'un jour il ne me trouve trop bizarre.

– Dangereuse pour qui ?

Ce sourire à nouveau, celui qui m'apaisait, qui me promettait toutes ces choses dont j'avais rêvé avec Antonio.

– Exactement ! Quand tu n'as pas d'amis, c'est la lose ici.

– Hé, tu m'as moi. (Il pointa son torse sans lâcher son joint, les sourcils froncés de manière adorable.) Ne les écoute pas. Les médecins sont tous les mêmes. Ils inventent des choses pour justifier leur boulot et gagner de l'argent. Je parie qu'elle t'a fourni une nouvelle ordonnance pour des médicaments ?

Je ricanai et hochai la tête.

Il s'adossa au mur, avachi et pourtant toujours aussi sexy. Son pantalon noir descendait bas sur ses hanches, sa chemise était sortie et son col de travers.

– Bon sang, je plane tellement. C'est de la bonne came. J'ai pensé me faire un tatouage.

– Ah oui ? Quel genre ?

Il haussa les épaules.

– J'y réfléchis toujours. Mais je pense le faire là.

*I*l remonta sa manche de chemise, et je suivis la ligne de son biceps, son muscle, sa peau hâlée. Mes doigts me démangeaient.

Une affiche de l'école déchirée portant les mots *Allumez la flamme* virevolta devant nous en direction du parking.

– Hé, le bal de l'école est pour bientôt, murmurai-je. Tu y vas ?

Il haussa de nouveau les épaules.

– Je n'y ai même pas pensé. C'est quand ?

– Samedi dans deux semaines.

Mon estomac me titillait à l'idée de demander à

Antonio de m'y accompagner. Je *devrais* lui demander.

Non, tu ne devrais pas.

La question me trottait dans la tête, et je tremblais à l'idée de la lui poser. C'était mon seul ami dans cette école, donc je n'avais pas envie que les choses deviennent bizarres entre nous s'il disait *non*. Il ne dirait pas *non*, si ? D'un autre côté, j'avais remarqué sa façon de me regarder, comme si j'étais plus que son amie.

Ne fais pas ça !

Il tira une dernière taffe avant d'éteindre le joint entre ses doigts, et de glisser le mégot dans sa poche.

– Je ne sais pas si j'irais, avoua-t-il. Mais ça pourrait être l'éclate.

Mon cœur explosa de joie devant son *peut-être.* Pas question que j'y aille seule s'il disait *non*. Quand je passais du temps avec Antonio, il me prenait telle que j'étais. Il ne me parlait pas comme si j'étais un monstre, et d'une certaine manière, je remontais dans ma propre estime.

Il ne te connaît pas comme moi je te connais. Il ne peut pas... faire les choses que moi je peux te faire.

Je le repoussai, *lui*, oubliant ma folie.

Antonio était terriblement sexy, et s'il y allait, peut-être accepterait-il de m'y accompagner. Peut-être même qu'il m'embrasserait.

Un grondement envahit mon esprit.

J'avais vraiment besoin d'un bouton *mute* pour *lui*. Je m'appuyai contre le mur.

– Donc, je pensais…

J'avais le visage en feu et les paumes moites, que j'essuyai sur ma jupe noire plissée.

Antonio était absorbé dans la contemplation des courts de basket.

– Tu crois que je pourrais faire des paniers parfaits aujourd'hui ?

– Probablement. (J'avais retrouvé ma voix.) En tout cas, j'avais l'intention de…

La sonnerie retentit, telle une cloche d'église, assourdissante et insistante. Je tressaillis et Antonio se redressa.

– Faut que j'y aille. J'ai éducation physique. On va voir si M. Humphrey nous laissera jouer au basket. (Il m'adressa l'un de ses sourires parfaits et décolla.) On se voit plus tard.

Et d'un coup, il fut parti.

– Ouais, bien sûr. (Je m'écartai du mur.) À la prochaine, marmonnai-je à mi-voix.

Tu es destinée à tellement plus que ça.

– Ferme-la. J'en ai marre que tu me squattes ma tête.

Je retournai vers les casiers pour récupérer mes livres.

Avant que mon postérieur n'atteigne ma chaise en cours d'algèbre, on m'appela.

– Guen, dans le bureau du principal, lança

M. Carpenter à travers la classe, déclenchant des *ooh* et des *aah* de toutes parts.

Vraiment génial.

----

1. *Note de la traductrice* : créature féminine surnaturelle de la mythologie celtique irlandaise, considérée comme une magicienne ou une messagère de l'Autre monde.

CHAPITRE 3

Un frisson rampa le long de ma colonne, rendant ma respiration irrégulière. Je m'étais cassé le cul pour terminer mes devoirs en temps et en heure, j'étais restée éveillée tard pour étudier, afin de montrer au principal Johnson que je pouvais suivre le rythme comme tout le monde. Pour éviter d'échouer régulièrement dans son bureau... Et une fois de plus j'étais là. Je détestais Sabrina.

Tu dois lui faire payer. La faire saigner.

Je luttai pour ravaler le rocher qui me coinçait la gorge, l'ignorant, *lui*, parce que je ne pouvais pas gérer ça. Pas maintenant... Pas alors qu'au cours de ma dernière visite dans son bureau, le principal m'avait menacée d'expulsion. Jen deviendrait folle si cela arrivait.

– Asseyez-vous, ordonna-t-il.

Je me glissai sur la chaise devant le bureau en face de lui.

Il portait de nouveau sa cravate décorée de l'emblème de Star Trek. Il adorait les vieilles séries geek, et si un jour je me mettais à les regarder, j'aurais un avantage certain pour les fois où je serais de nouveau convoquée.

Son bureau empestait le bois de santal, sa table de travail croulait sous des piles de dossiers et de papiers, deux tasses à café, des presse-papiers, une calculatrice et des stylos. La fontaine miniature qui trônait sur le dessus du classeur laissait couler un mince filet d'eau.

– Savez-vous pourquoi vous êtes ici ? commença-t-il comme il le faisait toujours, fixant ses yeux bruns sur moi, ses courts cheveux noirs ébouriffés comme s'il était sorti dans le vent.

Des pensées paniquées défilèrent dans mon esprit, comme être renvoyée pour avoir frappé Sabrina.

La pluie battait contre la vitre. *Tap. Tap. Tap.* Les arbres s'agitaient en tous sens dans la cour devant l'école.

Je reportai mon attention sur le principal Johnson et hochai la tête.

– Je sais que c'était mal. C'est juste qu'ils n'arrêtent pas de me pousser, encore et encore. Je voulais que ça s'arrête.

Ses sourcils broussailleux se rapprochèrent dans

une expression confuse. Il extirpa une télécom-
mande de sous le désordre qui envahissait son
bureau, et alluma la télé posée sur un support dans
un coin.

– Regardons.

Mon cœur martelait ma poitrine, et je me
rapprochai du bord de mon siège.

L'écran s'alluma, flou au départ, puis il se fixa sur
l'image du mur latéral de l'école, balayé par la caméra
de surveillance. Bon sang, il m'avait vu tirer une taffe
sur le joint d'Antonio ? J'aurais dû le savoir, j'aurais
dû vérifier les caméras. Mais Antonio fumait là
depuis très longtemps et ne s'était jamais fait
prendre.

Mais ce n'était pas ça. La peur me frappa au
ventre, parce que je savais déjà ce que j'étais en train
de regarder, avant même de me voir entrer dans le
champ de la caméra.

J'étais incapable de respirer ou de bouger.

Je me vis devant le mur en train de sortir deux
bombes de peinture, une dans chaque main, et de me
mettre au travail sur les briques. C'était quelque
chose que j'avais fait le mois dernier, des semaines
auparavant, au cours d'une journée totalement
merdique où j'avais été incapable de me concentrer,
où tout le monde m'avait paru trop bruyant ; on
m'avait poussée dans les toilettes des filles, où j'étais
restée enfermée pendant trois heures, jusqu'à ce que
quelqu'un m'entende hurler.

On se vengera de Sabrina jusqu'à ce qu'elle nous demande grâce.

Je passai une main tremblante sur mon visage en marmonnant « La ferme ».

Le principal Johnson haussa un sourcil en me regardant, je me raidis et revins à la télé. Dans l'écran, mon attention était à des milliers de kilomètres et mon regard dans le vague. C'était de ça que j'avais l'air quand je peignais ?

– J'en ai vu assez, murmurai-je, baissant les yeux sur mes mains posées sur mes genoux, bien consciente que cette fois, je ne pourrais pas nier mes actes.

– Je vous accorde que cette image que vous avez dessinée est spectaculaire, commença-t-il, m'obligeant à le regarder, pleine d'espoir.

Il me tendit une photo de la fresque que j'avais peinte à la bombe.

Le chemin dans les bois sombres et tortueux, le grand royaume dont les rayons dorés se reflétaient au loin, le pont en arche entre deux montagnes. Et l'ombre qui rôdait dans la forêt, toujours à m'observer.

– Mais vous avez vandalisé la propriété de l'école. (Le principal se mit à hausser le ton.) Et ce n'est pas la première fois. Je ne peux plus passer l'éponge.

En proie à une panique silencieuse, mon esprit s'illumina et ma respiration se fit haletante. Tout mon corps était figé. Je n'avais pas envie d'aller dans une nouvelle école alors qu'Antonio était ici, et je ne pourrais pas supporter la fureur de Jen.

– Je vous en prie, monsieur. Je ferai des corvées de ménage pendant un an. J'ai vraiment essayé.

J'avais envie de ramper en moi-même et m'y cacher.

Ma petite louve, ne supplie pas. Je vais t'apprendre à les faire tous tomber à genoux à tes pieds.

– Ah oui ? s'emporta le principal Johnson. (Son irritation me faisait l'effet d'une brûlure sur ma chair.) Vous vous êtes battue en cours d'histoire aujourd'hui, et dès que vous avez mis les pieds dans mon bureau, j'ai senti ce que vous aviez fumé.

Soudain la pièce me parut trop petite, trop exiguë, l'air lourd et vacillant. Il m'observa, m'étudia exactement comme l'avait fait la psy ce matin-là.

Je peux t'indiquer quoi dire à cet homme pour qu'il te garde dans cette école.

J'étais incapable d'ouvrir la bouche pour répondre, clouée par le regard noir du principal Johnson.

Je remontai mes manches d'un geste nerveux, mon esprit devenait incontrôlable.

Dis-lui qu'Antonio t'a fait fumer, qu'il t'a convaincue que ça t'aiderait, qu'il t'a menacée si tu ne le faisais pas. Que tu l'as écouté pendant des semaines, que tu l'as cru, et que c'est à cause de sa fumée que tu as peint sur le mur.

Je reportai mon attention sur les yeux du principal et lus la déception sur son visage buriné, mais j'étais incapable de faire porter le chapeau à Antonio.

Je n'allais pas l'entraîner dans mes emmerdes, il me détesterait si je lui attirais des ennuis. Je ne le ferais pas. Il méritait mieux.

– Je vous en prie, le suppliai-je. Laissez-moi encore une chance. Je vous promets de changer.

Il secoua la tête.

– Votre mère d'accueil vient vous récupérer. Quelques jours à la maison vous feront le plus grand bien jusqu'à ce que je prenne ma décision.

Ses mots me pesèrent comme un rocher m'entraînant dans les profondeurs de l'océan. Je respirai à peine et m'affalai dans mon siège, tentant de faire le tri dans les excuses que je donnerais à Jen. J'avais envie de me battre et de hurler qu'il n'avait pas le droit de faire ça.

Essayant de mon mieux de dissimuler ma peur, je répondis :

– D'accord. J'espère que vous pourrez m'accorder une dernière chance.

Tu es faible, tellement faible.

Et je détestai à cet instant cette voix dans ma tête, je le haïssais, *lui*.

Je préfère que tu me détestes plutôt que tu perdes ton esprit combatif.

– Allez attendre hors de mon bureau.

Je me levai d'un bond, sac à la main, et sortis d'un pas lourd laissant la porte se refermer derrière moi. Affalée sur un siège en face de la réception, je fermai les yeux et me laissai envahir par une vague de terreur, le corps figé. J'avais besoin d'un travail mieux payé que mon petit boulot du week-end au cinéma du coin. Ainsi je pourrais économiser assez d'argent pour me débrouiller seule, sans dépendre de quiconque. Je savais que c'était dingue, mais j'en avais ma claque d'être constamment réprimandée pour de la merde.

Quelqu'un me toucha le bras. Surprise, je levai les yeux sur Jen, son badge nominatif sur la poche de sa chemise de travailleuse sociale. Il y avait un reflet sombre au fond de ses yeux, et sa bouche était tordue. Mais elle garda son calme, malgré sa voix mordante :

– Je vais juste discuter avec ton principal. Je n'en ai pas pour longtemps.

Mes genoux tressautaient tandis que je restais assise à attendre, et que la réceptionniste m'adressait un petit sourire ; mais elle savait que j'étais dans la merde. Toute l'école le découvrirait bientôt.

Jen revint quelques minutes plus tard, serrant fermement son sac à main sous son bras.

– Allons-y, aboya-t-elle.

La cloche sonna au moment où nous sortions dans le couloir. Des élèves sortirent des classes et traversèrent le hall pour se rendre dans une autre.

Jen marchait devant moi en direction de la sortie quand je levai les yeux sur Antonio. Mon cœur se serra, et mes yeux passèrent de Jen, qui attendait qu'on lui ouvre la porte pour sortir, à lui à qui j'avais envie de dire que je ne serais pas à l'école pendant un bout de temps. Ce type n'envoyait jamais de textos, et je ne voulais pas qu'il pense que j'avais disparu.

Je m'approchai de lui pendant que Jen consultait son téléphone.

– Salut…

Mais mes mots s'envolèrent quand Sabrina passa le coin du couloir, et mon cœur se mit à battre plus vite à l'idée que j'avais été renvoyée de l'école alors qu'elle y restait.

– Sabrina, l'appela Antonio, et mon estomac se contracta.

Jamais je ne les avais vus parler ensemble avant.

Quand elle se tourna vers lui, je vis un éclat dans son regard, sa moue boudeuse, et sa poitrine un peu trop pigeonnante.

Notre seul point commun, c'était nos cheveux blonds, mais les miens tombaient raides sur mes épaules, hirsutes, rien à avoir avec les siens. Je n'avais rien à voir avec elle. Comment pouvais-je soutenir la comparaison ?

Le simple fait de la voir regarder Antonio, respirer dans le même espace que lui me faisait trembler.

– Oui, qu'est-ce qu'il y a ? lui répondit-elle avec un sourire bien trop aguicheur.

Bon sang, elle était en train de flirter avec lui.

Je me blindai dans l'attente de sa réponse, retenant mon souffle, espérant qu'il n'avait rien à lui dire de plus que lui signaler qu'elle avait fait tomber quelque chose, ou que quelqu'un la cherchait.

Il se passa une main dans les cheveux.

– J'ai entendu dire que le bal de l'école est dans deux semaines. Tu veux y aller ?

Son visage s'illumina d'un air triomphant, tandis qu'une rage écœurante me tordait l'estomac. Cela me fit l'effet d'un ouragan, me déchirant en lambeaux. J'avais pensé qu'il… Je m'étouffai. J'avais pensé qu'il m'appréciait, *moi.*

Je me contentai de les fixer, le corps engourdi, le cœur en feu. Je titubai en avant, une partie de moi insistant pour que je lui dise ce que je ressentais. Peut-être n'avait-il jamais réalisé à quel point je le désirais.

– Tu viens ?

La voix de Jen me fit tressaillir. Elle saisit mon coude pour m'écarter, mais à l'intérieur, j'étais en train de mourir. Je restais là à les regarder discuter, tandis que des griffes m'enserraient le cœur.

Je titubai jusqu'à Jen, tandis que l'enfer m'engloutissait. Il avait choisi cette pétasse plutôt que moi ? En voyant son sourire, sa manière de repousser ses cheveux par-dessus son épaule, je ne vis rien que de la haine. Regardez-la, ces sneakers de designer, son nouveau smartphone, ses écouteurs sans fil hors de prix. Elle avait tout, pourquoi me prendre Antonio en plus ?

Reportant mon regard sur lui, tout ce que je

ressentis fut un coup de poignard en plein cœur, qui s'enfonçait et me coupait en deux.

Le monde autour de moi devint flou. Des larmes brouillaient les ténèbres qui venaient pour moi. Peut-être qu'elle le repousserait. Peut-être qu'alors il me choisirait.

Les gens mentent, mais leurs actions ne trompent pas. Je te l'avais dit, tu n'as pas besoin de lui.

Tout se mit à tournoyer, ma vie, l'école, le ciel… moi.

– Hé, tu vas bien ? voulut savoir Jen, les doigts enfoncés dans mon bras.

Mes genoux cédèrent, et soudain je me mis à trembler violemment, la vision trouble. Les derniers mots que j'entendis furent :

– Elle fait une attaque !

Quelqu'un me piqua le bras à plusieurs reprises, et je grommelai, arrachée à mon rêve. Celui qui revenait toujours, la forêt tortueuse, la peur, la promesse de liberté si je m'en échappais.

Quand j'ouvris les yeux, le visage d'Oliver planait au-dessus du mien, affichant un sourire narquois. Je sursautai de le voir si proche. Ces yeux bruns, son nez semé de taches de rousseur.

– Bon sang, qu'est-ce que tu fais ?

Je repoussai mon frère d'accueil de neuf ans.

Mon regard se porta sur les murs d'un blanc immaculé, et la fenêtre qui me montrait un ciel nuageux, la pluie battant le carreau. J'inhalai l'odeur aseptisée de l'hôpital dans lequel je me trouvais. La dernière chose dont je me souvenais, c'était de m'être évanouie à l'école.

– Qu'est-ce que je fais ici ?

Je serai toujours là pour toi. Sa voix apaisa mon esprit, me berça doucement. Aujourd'hui, la tentation de m'abandonner enfin à lui n'avait jamais été aussi forte.

Es-tu prête à tomber ?

– Tu es tellement dans la merde, ricana Oliver, me sortant de ma torpeur.

– Quoi ?

Le rideau bleu était à moitié tiré autour de mon lit, de sorte que je ne pouvais pas voir la porte. Mais j'entendais murmurer des voix inconnues depuis les autres lits. D'autres patients.

– Où est Jen ?

Au moment où je posais la question, elle sortit de derrière le rideau bleu avec un petit sourire.

– Comment tu te sens ?

Elle s'assit près de moi sur le lit, prit ma main dans la sienne, et c'est alors que terreur m'étouffa.

– Qu-qu'est-ce qui se passe ? bégayai-je.

Elle me jeta un regard rempli de compassion et d'inquiétude, et me tapota la main.

– Les médecins pensent que tu as peut-être fait une crise d'épilepsie, alors ils font quelques examens. Ils disent que tu devrais pouvoir rentrer à la maison demain.

De l'épilepsie ? J'avais déjà assez d'ennuis à gérer. Je n'avais pas besoin de ça… je n'en voulais pas. J'étais totalement submergée par l'adrénaline, j'avais un goût de bile au fond de ma gorge, comme si j'étais sur le point de vomir.

– Ils n'ont pas la confirmation que c'est ce qui est arrivé. Personnellement, je crois que c'était le stress de tout ce qui s'est passé aujourd'hui. (Elle baissa la voix.) Pourquoi as-tu laissé Antonio te convaincre de fumer de l'herbe ? Je suis sûre que c'est la cause de tout ça.

Vraiment ? Peut-être… je n'en avais pas la moindre idée. Tant de choses s'étaient passées en si peu de temps.

Tout ce que je parvins à dire fut :

– Je suis désolée.

Son téléphone sonna, et elle sauta sur ses pieds avant de quitter la pièce en trombe.

Oliver, son sourire suffisant toujours plaqué sur le visage, s'assit dans le fauteuil des visiteurs et me dévisagea.

– Pourquoi tu n'es pas à l'école ? lui lançai-je.

Il leva les yeux au ciel.

– J'ai fini depuis deux heures. T'es vraiment stupide !

Je secouai la tête, je n'avais pas de temps à perdre avec lui.

– Maman est très énervée après toi, reprit-il. Elle a dit que tu t'es droguée. Et qu'elle en avait assez.

Mon estomac se serra quand je réalisai à quel point les choses avaient vite dégénéré.

– Elle a dit qu'ils te cherchent une nouvelle famille d'accueil, marmonna-t-il. (Je tournai la tête vers lui, et il éclata de rire.) Oh là là, tu devrais voir ta tête !

Petit con. À certains moments, je détestais mon frère d'accueil, comme à cet instant… Ce petit salaud mentait comme il respirait, pourtant ses mots se frayèrent un chemin dans mon esprit.

À présent je ne parvenais pas à m'ôter de la tête l'idée qu'il y avait insinuée. Est-ce que Jen cherchait vraiment à me trouver une nouvelle famille d'accueil ?

e rêve revint, toujours le même, un endroit que je ne connaissais que trop bien, où je m'étais rendue des centaines de fois. Et chaque fois que j'y revenais, je ne pouvais m'empêcher de penser que c'était là ma place… dans ma tête, pas à l'extérieur. Pas là devant le miroir à me demander quoi faire aujourd'hui, sans parler du reste de ma vie. Pas coincée dans le monde réel, avec tout ce que cela impliquait. L'aide sociale à l'enfance, l'école qui craignait, et le boulot à temps partiel qui avait quelques petits avantages comme les films gratuits.

Je passai le t-shirt orange par-dessus ma tête, le fis descendre sur ma taille. Le logo *Cinemaximum* s'étalait en travers de la poitrine. Puis je rassemblai mes cheveux en une queue de cheval haute et cherchai mon élastique orange. J'avais toujours des cernes sous les yeux. Je me penchai plus près du miroir dans ma chambre et j'appuyai dessus, constatant qu'ils n'étaient plus gonflés. Mes yeux bleu pâle semblaient de glace, assortis à ma peau claire et mes cheveux blond platine. J'ébouriffai ma frange pour me donner l'air à peu près décent, même si je ressemblais un peu à un fantôme.

Attends de leur montrer le véritable toi.

— Je préfèrerais que ça n'arrive jamais, murmurai-je. Je ne veux pas être la fille qui parle toute seule et fait des rêves complètement barrés. Je préfère qu'ils ne voient que la fille normale que je suis à l'extérieur.

Être normal, c'est tellement surfait.

— Dit le démon sur mon épaule.

Tu n'as même pas encore vu mon mauvais côté.

Je me figeai, parfois abasourdie par les choses qui sortaient de ma tête, des choses qui me semblaient bien trop réelles.

J'étais de toute évidence restée enfermée à la maison bien trop longtemps la semaine passée, la plupart du temps au lit ou dans le canapé à regarder *Les nouvelles aventures de Sabrina*. Ce qui me faisait penser à Antonio demandant à Sabrina de l'accompagner au bal, et la scène rejouait en boucle dans mon esprit. Je n'aurais pas dû me torturer, mais je ne pouvais pas m'en empêcher. Peut-être que je m'étais fait des illusions en croyant qu'Antonio me voyait comme un peu plus qu'une amie.

J'avais demandé à mon patron du cinéma si je

pouvais retourner au travail ce week-end, vu que j'avais manqué le dernier. Je n'avais pas eu d'autre crise depuis une semaine, bien que les médecins disent que je pouvais souffrir d'épilepsie et qu'il fallait que je passe des examens supplémentaires. Avec toutes ces histoires qui me polluaient l'esprit, il fallait que je sorte, et le samedi était le jour le plus chargé au cinéma.

Si tu retournais plutôt au lit, je pourrais te faire oublier.

– Wouah, c'est sorti d'où, ça ?

Je dois être d'humeur taquine.

– Je crois que je suis déjà tombée bien bas rien qu'en te parlant.

Petite louve, tu ne connais pas le sens du mot tomber... du moins pas encore. Comme on dit, plus le trou est profond, plus longue est la chute.

– Qui dit ça ?

Quelqu'un.

– Ah. Tu viens juste de l'inventer.

C'est assez poétique, non ?

– En fait, c'est pas mal. Je te l'accorde.

Il éclata d'un grand rire sombre qui venait des profondeurs, et qui me fit sourire.

Alors, on retourne se câliner au lit ?

– Très drôle. J'ai du boulot.

J'enfilai mes baskets noires, remarquant mon lit défait, la couverture roulée en boule. Et il y avait ce chevalet usé près de la fenêtre, avec une dizaine de mes peintures brutes en tas désordonné par terre, face contre le sol, sachant que Jen insisterait pour que je range ma chambre.

Je peux te titiller indéfiniment, et je le fais très bien.

— Eh bien, frimeur, je vais au boulot, alors n'hésite pas à prendre une douche froide.

Des coups de feu venant de *Fortnite* retentirent à travers la maison. Oliver allait passer la journée à jouer.

— Il y a quoi pour le petit déjeuner ? m'enquis-je entrant dans le séjour ouvert sur la cuisine et inondé de soleil.

Il était assis sur le canapé en L, manette à la main, scotché devant le grand écran. Je me tournai vers la table basse contre le mur et plongeai la main dans le bol où nous laissions toutes les clés et autres bricoles comme de petites vis, des pièces de monnaie, des élastiques à cheveux et des petites voitures.

— Je peux préparer des gaufres, me répondit Jen depuis la cuisine.

— Ça m'a l'air bien. Tu as vu mes clés de voiture ?

Je fouinai dans le désordre à leur recherche.

Je jetai un regard à Jen par-dessus mon épaule ; elle versait de la pâte toute prête dans le gaufrier, elle ne semblait pas m'avoir entendue.

— Oliver, baisse le son de ce truc, lui criai-je, mais il me tira la langue et augmenta le volume de son jeu.

Luke, le petit ami de Jen, fit irruption dans la pièce en pantalon de pyjama rayé et t-shirt noir. Il était grand et mince, avait des cheveux bruns bouclés emmêlés qui le faisaient ressembler à un mouton, et il souriait tout le temps. Il n'était que gentillesse et bonheur. De tous les petits amis passés de Jen, c'était mon préféré, alors j'espérais que ça allait marcher entre eux.

– J'ai besoin de ma voiture, criai-je par-dessus la fusillade.

– Ce vieux tas de boue avait depuis longtemps dépassé la date limite, murmura Luke en passant devant moi, ses pieds nus martelant le parquet alors qu'il se rendait à la cuisine. Pourtant le Dépôt de voitures de Collin nous en a donné un bon prix.

Ses mots percutèrent mon esprit, et je me tournai brusquement.

– Pardon ! Jen, qu'est-ce que tu as fait ? Est-ce que tu as vendu ma voiture ?

Elle souffla et fusilla Luke du regard. Il écarquilla les yeux et ses joues pâlirent.

– Tu ne le lui as pas dit ?

– Non ! J'attendais le bon moment.

– Le *bon moment*, éructai-je. (Je fonçai dans la cuisine, gardant l'îlot entre nous pour ne pas l'étrangler.) Genre, le matin où je suis censée retourner au travail. (Le ton de ma voix grimpa.) Pourquoi tu as vendu ma voiture ?

– Oliver ! cria Jen, et il baissa enfin le volume.

Je tremblais de colère qu'elle ait fait ça dans mon

46

dos, qu'elle ne m'ait même pas consultée, qu'elle ait pris cette décision à ma place.

— Guen. (Elle abaissa le couvercle du gaufrier avant de se tourner vers moi, calant une hanche contre le comptoir comme si nous étions en train de parler météo.) Quand je t'ai acheté cette voiture, je ne savais pas qu'elle avait autant de soucis. Entre autres, elle perd de l'huile, et ça coûte trop cher de la faire réparer. En plus, le médecin a recommandé que tu ne conduises plus, au cas où tu aurais une nouvelle crise.

— Tu n'avais pas à vendre ma voiture ! Ou au moins tu aurais pu m'en parler d'abord.

Luke hocha la tête, les yeux posés sur Jen.

— Elle n'a pas tort.

— Oh, ferme-la, et finis de préparer les gaufres.

Elle s'approcha de moi, mais je reculai, incapable de la supporter une seconde de plus. Ma vie était déjà en train de partir en vrille. Je ne pouvais pas assumer ça en plus du reste.

— Va récupérer ma voiture ! criai-je.

— Ma belle, c'est mieux comme ça. Et nous allons pouvoir utiliser l'argent de la vente au dépôt.

— Non, c'est mieux pour toi, pas pour moi. Je n'arrive pas à croire que tu aies fait ça.

Je récupérai mes clés de maison et mon sac sur la table, et fonçai dehors.

— Guen, tes gaufres ! cria Luke au moment où je claquai la porte.

Je m'effondrai dos au battant, les larmes ruisselant

sur mes joues. J'avais l'esprit en feu, mon corps me brûlait, mais j'essuyai mes larmes. Je détestais perdre le contrôle, m'énerver contre Jen pour m'avoir pris quelque chose qui m'appartenait, pour m'avoir volé le dernier fil d'indépendance qui me restait.

Tu m'auras toujours, moi.

– Ça ne m'aide pas à aller mieux.

Je m'éloignai de la porte, essuyant mes dernières larmes, et dévalai le trottoir. Je passai en courant devant des pavillons délabrés, des maisons abandonnées envahies de mauvaises herbes, et des enfants qui jouaient au bord du trottoir, dessinant sur l'asphalte. Je décidai à ce moment-là que je trouverais un moyen de remonter la pente, peut-être économiser assez pour récupérer ma voiture ou en trouver une autre.

Je plantai les écouteurs dans mes oreilles, puis me laissai emporter par le rythme lourd et cavalai pour rejoindre le travail à pied.

Elle avait vendu ma voiture ! Je n'arrivais pas à y croire…

Dix pâtés de maisons plus loin, je haletais bruyamment au milieu de la ville de Southbridge, immense et brillante au soleil du matin. Ma vision miroitait sur les bords, et je ne savais pas trop si je respirais correctement. Il fallait que je sorte et fasse plus de sport.

Les gens se précipitaient dans et hors des magasins et des restaurants. Des voitures klaxonnaient et saturaient les rues. Tout se confondait en une image trouble, et un profond désespoir m'écrasa : soudain je ne reconnaissais plus l'endroit, je ne savais plus quelle direction prendre.

Je m'approchai d'une ruelle voisine et vis un passage lumineux où l'air frémissait.

Ma vision s'éclaircit, mais le chemin s'assombrit sous mes yeux, s'ouvrant sur les bois tortueux. Le vent soufflait dans les branches, les secouait férocement. Au loin, j'apercevais le château, le pont qui se balançait, et les cieux d'un sinistre gris-noir. Le tonnerre gronda, secouant le sol sous mes pas.

Je titubai en arrière, le cœur battant la chamade.

– Attention !

Quelqu'un me poussa dans le dos, et je pivotai, prise de vertige.

– Désolée, murmurai-je à l'homme en costume qui passait sur le trottoir.

Me retournant vers la ruelle, je n'y vis qu'une benne à ordures et un tas de boîtes. Aucun signe du royaume dont j'aurais juré qu'il se trouvait là quelques secondes auparavant, la même image que sur ma fresque sur le mur de l'école, et sur tout ce que je dessinais.

Je me frottai les yeux et regardai le panneau indiquant Main Street.

La peur m'enveloppa et me griffa les entrailles car, même si je ne voulais pas l'admettre (ne *pouvais* pas l'admettre), peut-être que Debbie et Jen avaient raison. Peut-être que j'étais en train de perdre prise sur la réalité.

Je courus tout le reste du trajet jusqu'au travail. Je ne m'arrêtai qu'en m'engouffrant par les portes principales du cinéma, à bout de souffle, prise de frissons. Que m'arrivait-il ?

Au lieu de me laisser le temps de flipper, de laisser la panique me rouler dessus telle une avalanche, je fonçai vers le bureau à l'arrière pour commencer mon service. Une diversion, c'était exactement ce dont j'avais besoin.

– Je n'ai jamais vu le cinéma aussi bondé, remarqua Lee, une femme à peine plus âgée que moi. (Elle portait toujours ses cheveux relevés en queue de cheval, et un lourd trait de khôl en guise d'eyeliner, qui faisait ressortir ses yeux noisette.) Je suis trop contente que tu sois venue aujourd'hui.

Dans son sourire, je voyais la promesse et la conviction que je n'étais pas un cas désespéré, et je l'appréciais parce qu'elle ne me jugeait pas, ne savait rien de qui j'étais vraiment.

On porte tous une part d'ombre en nous, même elle.

Je jetai un œil dans le hall et vis plusieurs visages de l'école. Ma poitrine se serra à leur vue, mais j'étais au travail, alors j'allais plaquer un sourire sur mon visage et ignorer leurs regards insistants.

Lee mit en route la machine à popcorn et la rechargea tandis que je m'approchais d'une cliente qui attendait, et que d'autres franchissaient les portes.

Cette tâche de second ordre n'est pas digne de toi, ma petite louve.

J'ignorai la voix dans ma tête et souris à la cliente en lui tendant ses billets pour le film.

Je t'apprendrai à être géniale, à prendre ta place parmi ceux que l'on craint, et je te ferai connaître des plaisirs que tu n'as jamais vécus.

– Je suis à vous dans une seconde, dis-je au client suivant avec un sourire. (Je m'accroupis derrière le comptoir et fis semblant de prendre quelque chose dans le tiroir, tout en murmurant :) Est-ce que tu vas la fermer et sortir de ma tête ?

Je ne vois que la vérité, et tu refuses d'ouvrir les yeux sur le fait que tu es tellement plus grande que tout ça, tu refuses de faire saigner ceux qui t'ont fait du mal pour leur rappeler qui vit parmi eux.

– Tu me rends dingue.

Je n'ai jamais dit que j'étais quelqu'un de bien. J'entendis le rictus sournois au son de sa voix, et je pouvais presque visualiser son sourire s'étirer d'une oreille à l'autre.

Sauf que tout était dans ma tête, dans mon esprit tordu et brisé.

– Qu'est-ce que tu attends de moi ? marmonnai-je.

– Gwen, tu vas bien ? s'enquit Lee, et je paniquai.

J'attrapai une poignée de prospectus et me relevai d'un bond, m'obligeant à sourire.

– Oui, je remettais juste des flyers.

– Ah, bonne idée, mais on fera ça pendant un temps mort.

– Bien sûr.

Je me tournai vers le client qui fronçait les sourcils, alors j'entrai brusquement sa commande sur l'écran de la caisse.

Je veux que tu sois mienne. Que tu trembles sous mes caresses, que tu cries mon nom. Que tu aimes mon mauvais comportement.

Je serrai la mâchoire, ignorant ces mots qui avaient si peu de sens, terrifiée à l'idée que c'était peut-être moi qui me parlais de cette manière, qu'une part de moi aime ça plus que je ne souhaitais l'admettre.

Quand la foule se dispersa enfin, je me tournai vers ma responsable.

– Je reviens. Je fais juste un saut aux toilettes.

Elle hocha la tête, et je verrouillai ma caisse avant de me précipiter vers les toilettes désertes. Je me jetai contre le lavabo et m'aspergeai le visage d'eau, les mains tremblantes.

– Qu'est-ce qui m'arrive ? demandai-je à voix haute.

Je levai la tête et observai dans le miroir la terreur sur mes traits, la pâleur de mes lèvres.

– Je t'en prie, arrête. Arrête de dire ces conneries

sur le fait de blesser des gens. Ce n'est pas moi. Laisse-moi tranquille.

Le silence s'ensuivit, et je savourai la paix, le calme absolu. Je m'essuyai le visage avec une serviette en papier, et me tournai vers la porte.

Je suis peut-être un monstre, mais tu es naïve.

CHAPITRE 5

*L*a fille de Luke, Evelyn, va vivre avec nous quelque temps. Elle prendra la chambre d'amis au sous-sol, m'annonça Jen au dîner, en me mettant un bol de purée dans les mains.

Elle échangea un regard peu discret avec Evelyn, assise en face de moi.

C'était le genre de fille que j'adorais détester, avec ses boucles rousses sans défaut, une silhouette parfaite et une peau douce comme de la soie. Elle était mince et rayonnait de beauté.

– Pourquoi ? lâcha Oliver, la bouche pleine de pommes de terre.

Je ne pus m'empêcher de sourire en voyant qu'il se comportait comme un petit con pas seulement avec moi.

– Mon ex-femme traverse une période difficile, expliqua Luke en contemplant Evelyn avec tant d'ad-

miration que cela me donna envie d'avoir un père qui
m'aime autant.

Si mes parents ne m'avaient pas abandonnée dans
les bois quand je n'avais que quelques mois, me
regarderaient-ils avec autant d'amour ? Evelyn avait
quelqu'un qui l'adorait, qui l'adorerait toujours. Jen
était très attentionnée à sa manière, mais ce n'était
pas la même chose.

— J'adorerais qu'elle reste avec nous de façon
permanente, ajouta Luke. Tu sais, Oliver, Evelyn
travaille à la fête foraine près de la plage, c'est elle qui
fait tourner la grande roue. Elle pourra peut-être te
faire faire un tour gratuit si nous y allons tous un de
ces soirs.

— Ouais, je peux faire ça, marmonna Evelyn d'une
voix tendue.

Comment faisait-on pour trouver un job consis-
tant à s'occuper d'une grande roue ? Il fallait quelles
qualifications pour appuyer sur un bouton ?

Mais Evelyn ne souriait pas, elle avait même
plutôt l'air de se renfrogner.

— Maman est alcoolique, papa, dis juste les choses
comme elles sont. Elle s'est évanouie et elle a fini à
l'hôpital. Voilà ce qui s'est passé.

Sa voix se brisa et elle baissa la tête, contemplant
la côte de porc dans son assiette.

À première vue, elle avait l'air du genre à voler les
mecs aux autres filles… Mais à voir la douleur sur
son visage et les larmes qui lui montaient aux yeux

quand elle pensait que personne ne la regardait, mon cœur se serra. Elle n'était pas comme Sabrina, pas du tout.

La vie lui réservait son lot de merdes autant qu'à moi, alors je la comprenais et je compatissais.

– Evelyn est au même niveau d'études que toi, continua Jen. Vous pourrez aller ensemble à l'école demain.

Je lui jetai un regard dur. Est-ce que cette femme devenait sénile ?

– Tu as oublié que j'ai été suspendue ?

Evelyn posa les yeux sur moi. Peut-être voyait-elle une autre personne en détresse, quelqu'un qui n'avait pas toutes les cartes en main.

Peut-être qu'elle te juge ?

– Guen. (Jen regarda enfin dans ma direction, affichant un petit sourire, comme si elle était sur le point de m'annoncer une bonne nouvelle.) J'ai oublié de te dire que le principal Johnson a téléphoné vendredi dernier pour dire qu'il t'accorde une dernière chance ; et tu ferais mieux de ne pas faire un pas de travers cette fois, sinon je jure devant Dieu que je t'envoie au couvent.

Tant de pensées se bousculèrent dans ma tête, dévastant mon esprit.

– Pourquoi est-ce que tu ne me le dis que maintenant ?

– Ça m'est sorti de l'esprit.

Elle haussa les épaules et regarda Evelyn, avant de

reporter son attention sur moi. Cherchait-elle à impressionner la nouvelle ?

Tout m'apparut d'un coup, et un feu s'embrasa dans ma poitrine.

– C'est une blague ? D'abord ma voiture, maintenant, ça. C'est comme si je n'existais pas dans cette maison.

Je me levai de table et filai droit dans ma chambre.

– Tu es de corvée de vaisselle ce soir, me cria Jen avant que je ne claque la porte derrière moi.

Un peu exagéré, mais j'aime bien. Montre-leur qui est le patron.

Je me frottai les yeux, épuisée de tout. Retourner en classe signifiait revoir Antonio, sachant qu'il désirait Sabrina plus que moi, et ça me fendait le cœur. En plus, je détestais prendre le bus scolaire, parce que Sabrina prenait le même. Mais à présent je n'avais plus de voiture. J'avais envie de hurler.

Je me jetai sur mon lit et me laissai couler. J'ignorai combien de temps s'écoula, mais quand le silence retomba enfin dans la maison, je retournai à la cuisine et vis que tout le monde était parti se coucher ; la lumière était toujours allumée, et une pile de vaisselle m'attendait dans l'évier. *Rah.* Alors je me mis à la laver avant que Jen ne décide de donner ma chambre à Evelyn et me fasse dormir au sous-sol.

La grande roue ? Est-ce que c'est une sorte d'arme ou de sex toy ?

Je faillis m'étouffer, l'assiette gluante m'échappa

des mains, mais je la rattrapai avant qu'elle ne s'écrase au sol.

– De quoi est-ce que tu parles ? C'est juste un manège dans les fêtes foraines, murmurai-je, jetant un œil vers le couloir.

Je n'entendis aucune réponse pendant un moment, alors je me remis à ma vaisselle, et le seul bruit qui persista fut le cliquetis des assiettes.

Ils vendent ces manèges dans les fêtes foraines ? Et où ils t'emmènent ?

Je me pris le menton, songeuse.

– Ils t'emmènent très haut dans le ciel pour y profiter d'une vue incroyable, et puis ils te redescendent. C'est un immense manège circulaire fait de métal et de sièges.

Tu aimes ces manèges ?

Je haussai les épaules et pinçai les lèvres.

– Ouais, c'est pas mal. La grande roue, c'est là où vont beaucoup de couples pour s'embrasser.

C'est ça que tu avais envie de faire avec Antonio ?

Mes muscles se tendirent et une assiette glissa de mes mains jusque dans l'eau.

– Pourquoi tu me ressors ces conneries ? Si j'étais avec lui là-haut en ce moment, je le balancerais du haut du manège.

Il eut un rire si magnifiquement diabolique que je ne pus m'empêcher de rire avec lui. Je jetai un œil derrière moi, m'attendant à ce que quelqu'un vienne voir ce qui se passait, mais personne ne vint.

– Pourquoi tu penses qu'il ne m'aime pas ? marmonnai-je en frottant la casserole où s'accrochaient des résidus de purée.

La question, ce n'est pas de savoir pourquoi il ne t'apprécie pas, mais pourquoi tu voudrais que ce soit le cas ?

– Tu es profond parfois.

C'est ma malédiction. Après tout, je suis le prince des ténèbres.

– Est-ce exact, Votre Altesse ? le taquinai-je. Et pourquoi une personne d'un tel rang perdrait-elle son temps à parler avec quelqu'un d'aussi banal et brisé que moi ?

Parce qu'à l'intérieur, tu es un monstre, tout comme moi. Je suis là à attendre que tu me rejoignes, que tu sombres si profond que tu finisses par te retrouver.

– Ouais, tu dois bien te rendre compte que ça a l'air vachement flippant.

Je n'aurais vraiment pas dû encourager ça, ni me retrouver à l'apprécier au point que je finissais par trouver le fait de me parler et me répondre normal… et excitant.

Tu ne peux pas fuir ton ombre.

– Donc c'est ce que tu es ? (Je m'essuyai les mains sur le torchon et filai dans ma chambre, éteignant toutes les lumières au passage.) Qui es-tu exactement ? Quelqu'un que j'ai inventé pour me tenir compagnie ? Pour gérer les rêves et les visions dingues que j'ai ?

Peu importe qui je suis. Toi, qui es-tu ?

Les rouages de mon cerveau ne tournaient pas assez vite pour que cette question ait du sens, parce que j'avais l'impression que la réponse était bien plus profonde.

– Très bien. Et si tu me disais qui je suis ?

Il y a bien longtemps, les ténèbres et la lumière se rejoignirent pour créer la beauté... une beauté destinée à détruire ce monde.

– Wouah, d'accord, je ne m'attendais pas à ça. Où tu as volé ça ? Dans la Bible ?

Même si je n'avais jamais lu la Bible.

Je me déshabillai et enfilai mon pyjama avant d'aller au lit. Je remontai les couvertures sous mon menton et me penchai pour éteindre ma lampe de chevet.

On t'a oubliée petite louve. Mais je sais exactement qui tu es. Il faut juste que je te trouve.

– D'accord ! Et tu ne parles que par énigmes quand je te demande de développer ? Peu importe. Je vais dormir.

Le clair de lune argenté pénétrait dans ma chambre par la grande fenêtre, illuminant tous les recoins sombres. J'avais choisi cette chambre précisément pour cette raison. Je n'étais pas vraiment fan du noir.

Je me tournai et fermai les yeux.

*J*e me réveillai en sursaut, couverte de sueur, alors que l'obscurité s'estompait. L'ombre dans les bois tortueux venait toujours pour moi, toujours. La nuit régnait encore dans la chambre. Le réveil sur la table de chevet indiquait 5 h 1. Je retombai dans le lit, haletante, avec l'impression d'être encore dans mon rêve.

Je respirerai bien mieux quand je sentirai battre ton cœur, et ton poids contre moi.

Je m'éclaircis la gorge et ouvris les yeux.

– C'est très poétique à une heure aussi matinale, croassai-je.

Nos conversations signifient tellement plus que ce que tu pourras jamais imaginer.

Pour être honnête, je ne savais pas quoi ressentir ni comment répondre quand la voix dans ma tête disait ce genre de choses.

J'ai pensé à toi pendant que tu dormais, me taquina-t-il d'une voix sensuelle.

– Ah oui ?

Je meurs d'envie de faire courir mes doigts sur ton corps. Dis-moi... (Il respira fort.) *Dis-moi ce que ça fait ?*

J'ouvris grand les yeux. Je ne m'étais absolument pas attendue à ça.

– Non ! Et si tu es dans mon esprit, tu le sais déjà.

Je savais que ma petite louve était perverse.

Mes joues n'auraient pas dû rougir, mais je sentais déjà une langue de flammes me parcourir, plongeant si profond que j'en serrai les cuisses sous cette sensation.

– Arrête de dire des conneries.

Je repoussai les couvertures et sortis du lit ; le parquet était froid sous mes pieds.

Ces désirs ont des issues délicieuses.

Il y avait quelque chose dans sa voix qui me fit trembler sous le coup d'une sensation écrasante qui m'engloutit rapidement ; mon cœur se mit à battre tellement fort que j'en trébuchai, à peine capable de reprendre mon souffle.

Laisse-moi te montrer.

– Non ! Vraiment, non.

L'idée me terrifiait que d'une certaine manière je puisse tellement aimer ça que je risquerais de me perdre encore plus que je ne l'étais déjà.

J'allumai les lumières et jetai un regard à mon chevalet, et décidai que peindre était la diversion parfaite pour empêcher mon esprit de me séduire. Bon sang, j'étais en train de devenir dingue.

J'installai une nouvelle toile et préparai les peintures et pinceaux avant de me mettre au travail. Je dessinai un long trait, puis un autre, et d'autres encore, et donnai vie à l'arbre tordu. *Lui* ne dit rien de plus et je me laissai aller.

– Guen, tu es prête ? m'appela Jen depuis le couloir.

Je sortis de ma concentration pour m'apercevoir

que la lumière du jour inondait la chambre, et que le réveil annonçait huit heures.

– Oh, merde.

Où avait filé tout ce temps ?

Je plantai le pinceau sale dans le pot d'eau posé par terre et fonçai à la salle de bains pour me préparer.

Une fois habillée, je pris mes médicaments et balançai mon sac à dos sur mon épaule.

Jen me tendit un sac en papier brun.

– Des gaufres et un sandwich. Maintenant, file. Luke vous emmène toutes les deux ce matin.

– Merci.

Pressée, je m'emparai du sac et sortis retrouver Evelyn, déjà assise sur le siège passager de la petite berline. Aucun problème. Je sautai à l'arrière, heureuse de ne pas avoir à prendre le bus aujourd'hui.

Les élèves s'entassaient dans le hall de l'école ce matin, quelques-uns me lancèrent des regards, sans doute surpris de mon retour. Evelyn étant dans le bureau de l'administration en train de se faire inscrire, je calai mes écouteurs dans mes oreilles et me frayai un chemin dans le couloir.

Bientôt quelqu'un m'agrippa le bras, et je pivotai pour me retrouver face à Antonio.

Mon cœur battit la chamade et mon estomac se noua. Je n'étais pas préparée à ça, je ne trouvais pas mes mots.

– J'étais en train de t'appeler, murmura-t-il.

J'ôtai mes écouteurs, cherchant autour de moi le moindre signe de Sabrina, en vain.

– Qu'est-ce qui se passe ?

– J'ai entendu dire que tu t'étais fait renvoyer. Ça fait plaisir de te revoir.

Il n'avait aucun droit de m'adresser un aussi magnifique sourire, et me faire croire qu'il m'aimait bien. À présent je connaissais la vérité… Ce n'était pas de moi dont il avait envie, mais de Sabrina. J'étais la fille bizarre avec qui il traînait, dont il se moquait sûrement dans mon dos, parce que j'étais plus brisée que lui. Me tenir devant lui était douloureux, comme de l'acide qui me rongeait la gorge.

Je n'avais qu'une image en tête, lui riant avec Sabrina.

– Ouais, merci. Il faut que j'aille en cours, répondis-je en m'éloignant d'un pas vif.

– Guen, ça va ? cria-t-il.

Mais je ne me retournai pas, n'osai pas jeter un regard en arrière, sinon j'allais m'effondrer et lui céder. Je remis mes écouteurs en place et montai le volume à fond pour couper court à tous les bruits, même *lui*.

La plupart des cours passèrent dans une sorte de flou, où je ne me concentrais que sur la leçon, et rien d'autre. Au déjeuner, je récupérai mon repas et m'assis dans le coin le plus éloigné, m'attendant à manger seule, mais quelqu'un posa son sandwich et son jus de fruits près des miens avant de s'asseoir.

Evelyn me souriait.

– Les gens sont bizarres dans cette école.

– Comment ça ?

Je mordis une bouchée de ma gaufre, la regardant déballer brutalement son propre déjeuner. Elle repoussa ses boucles rousses derrière son oreille.

– Comme ces filles qui étaient toutes sympas en cours de biologie, elles m'ont même offert du chocolat, et puis dans le couloir, elles m'ont fait trébucher et se sont moquées de moi.

– Règle numéro un : cette école est infestée de pétasses. Règle numéro deux : les mecs ici sont les pires racailles sur Terre. Règle numéro trois : rappelle-toi les deux premières règles.

Elle éclata de rire et mordit dans son sandwich. Une ombre tomba sur nous.

– Salut, Evelyn.

Je levai les yeux sur Noah avec ses cheveux noirs en bataille et ses yeux bleus rêveurs qui faisaient se pâmer toutes les filles de l'école. Est-ce qu'il se souvenait de m'avoir vue dans la salle d'attente de la psy ? Sûrement que non, étant donné qu'il ne me regardait pas.

– Salut, lui répondit-elle, mais elle ne dit rien de plus et continua son repas.

– Alors tu veux venir au bal de l'école avec moi ce week-end ?

Ces mots sortaient très facilement de sa bouche, comme chez Antonio. En arrière-plan, une demi-douzaine de filles observaient Noah, hypnotisées par lui. Est-ce que leurs cœurs se brisaient de le voir parler à la nouvelle beauté rousse de l'école ?

– Merci, répondit Evelyn. Mais je vais dire *non*. Je vais sûrement y aller juste avec Guen et profiter d'une soirée entre filles.

Elle le regarda avec un sourire narquois.

À ce moment-là, j'appréciai Evelyn plus encore que je ne l'aurais cru possible. J'affichai un immense sourire, surtout quand Noah resta bouche bée sous le choc. Sans un mot de plus, il se lécha les lèvres, enfouit les mains dans ses poches et sortit de la cafeteria. Je n'avais rien contre ce type, mais je fus comblée de satisfaction.

– Ce n'est pas mon type, dit-elle. Il m'a suivie toute la matinée, parlant sans arrêt de lui-même, racontant que toutes les filles de l'école le désiraient, mais qu'il n'avait d'yeux que pour moi. (Elle fit semblant de vomir.) Qui dit ce genre de trucs ?

– Un loser désespéré.

J'éclatai de rire.

– Est-ce que tu peux croire qu'il a voulu me soudoyer en me disant que son père possédait la plus grosse concession de voitures de la ville, et qu'il m'obtiendrait un super rabais si je voulais une voiture ?

Je ricanai à moitié, puis la réalité me frappa en pleine gorge.

Bon sang! Le Dépôt de voitures de Collin! Le nom de famille de Noah, c'était Collin.

C'était son père qui avait acheté ma voiture! Une idée complètement dingue me traversa l'esprit, martelant mon crâne comme un tambour.

Je me levai de ma chaise.

– Je reviens.

Puis je sortis en courant de la cafeteria.

CHAPITRE 6

— *M*onte, m'ordonna Noah, au volant de sa voiture de sport rouge garée sous un réverbère cassé.

Je scrutai la rue sombre que je venais de dévaler, où le vent secouait les arbres le long du trottoir. Aucun signe de Jen. Je priai pour qu'elle ne m'ait pas entendue sortir par la fenêtre de ma chambre, ni suivie. Je plongeai dans la voiture de Noah, à bout de souffle, et m'attachai.

— Tu es prête à faire ça ? demanda-t-il d'une voix calme, la bouche tordue en un rictus.

Je hochai la tête et me tournai vers lui.

— Bon sang, tu dois vraiment détester ton père ! Tu n'as pas du tout l'air nerveux.

Quant à moi, je transpirais comme une bête.

Il étouffa un rire.

– Dans ses bons jours, mon père n'est qu'un con, et il mérite bien pire que de perdre une voiture.

Ses paroles me surprirent, mais comme *il* le disait, chacun avait sa part d'ombre.

Brave fille.

Je remuai sur mon siège, observant la route.

– Tu as tous les papiers signés et… ?

– Détends-toi, tu me rends nerveux. J'ai tout réglé. Personne ne viendra t'arrêter pour vol de voiture. J'ai tout signé pour annuler la vente.

Il démarra, fit ronronner le moteur, mettant le levier de vitesse en verre en position marche, puis il appuya sur l'accélérateur et m'envoya au fond de mon siège, et mon estomac me remonta dans la gorge. Nous fonçâmes sur la route déserte. Il était près de minuit.

– Je parie que tes petites amies adorent quand tu les dragues dans cette voiture ?

– Ouais, je suppose. (Il me jeta un regard, des ombres dansant sur ses traits.) Tu lui as parlé ?

– Oui, Evelyn ira au bal avec toi. Un marché est un marché.

Ne conclus pas de marchés, petite louve.

Mais j'avais pris ma décision. Je dirais à Jen que j'avais utilisé mes économies pour racheter ma voiture.

– Alors où est-ce que je récupère ma voiture ?

– Au Dépôt de voitures.

Mon ventre se contracta.

– Tu as dit que tu avais tout préparé. (J'avais la voix tendue, et mes genoux tressautaient.) Ne me dis pas qu'on doive la sortir du dépôt ? Ton père n'a pas de caméras de surveillance ?

– Sois cool. Je t'ai dit que je m'en occupais, non ?

Il secoua la tête et prit le virage suivant un peu trop vite, faisant déraper ses pneus arrière.

J'agrippai la poignée de la portière, convaincue que j'avais fait une terrible erreur de croire que je pouvais lui faire confiance. Il ne fallait pas que Jen découvre quoi que ce soit, vu que je la croyais bien capable de m'envoyer réellement dans un couvent.

Alors, pars maintenant.

Je haussai un sourcil devant une suggestion aussi idiote. Vu la vitesse à laquelle conduisait Noah, je mourrais si je tentais de sauter de la voiture.

Les maisons furent bientôt remplacées par la zone industrielle, et Noah se gara dans l'ombre, loin du réverbère le plus proche.

Je plissai les yeux, scrutant l'obscurité.

– Où sommes-nous ?

Il tritura quelque chose sur la console centrale, qui fit un bruit semblable à un cliquetis de clés, et je sentis l'excitation monter. J'allais récupérer ma voiture, regagner un peu de contrôle sur ma vie. Evelyn avait été facile à convaincre, du moment que je resterais près d'eux toute la soirée. Ce que je ferais avec plaisir.

Tu n'as pas les idées claires, petite louve.

Je tendis la main vers la portière, murmurant à peine :

– Tu as tort.

– Tu es vraiment mignonne, tu sais.

Figée sur mon siège, je tournai la tête, convaincue d'avoir mal entendu.

– Ne dis pas de conneries. Je n'ai pas besoin de tes flatteries, ou quoi que tu fasses.

– Qui t'a monté la tête au point que tu ne puisses pas accepter un compliment ?

– D'accord, ce n'est pas le genre de conversation que je m'attendais à avoir avec toi... jamais de la vie. (La chaleur me monta dans le cou et aux joues.) Tu ne m'as jamais vraiment parlé avant, donc, eh bien, tu saisis l'idée.

Il se déplaça dans son siège pour me faire face, la main dans ses cheveux noirs, les rabattant en arrière.

– C'était une erreur de ma part. (Il s'interrompit.) Tu es jolie dans ce pull, en tout cas.

Je baissai les yeux vers la tenue noire que j'avais sortie de mon placard dans un seul but : avoir l'air d'un ninja pour me glisser hors de la maison.

– Pourquoi est-ce que tu fais ça ? lui demandai-je.

– Faire quoi ?

Il avait un sourire tellement parfait, des lèvres pleines délicieuses. Il y avait quelque chose d'attirant, presque tabou, chez lui. Quelque chose que je n'avais jamais remarqué avant, mais à la manière dont il me regardait, une flopée de papillons s'envola dans mon ventre.

– T'es gentil avec moi, expliquai-je.

Petite louve, grogna-t-il sur un ton d'avertissement.

– Parce que tu le mérites.

Noah tendit la main et repoussa du bout des doigts quelques mèches de cheveux de mon visage ; son toucher était délicat… si délicat. Le rythme de mon cœur s'accéléra, et quand je croisai son regard bleu glacier, je me laissai aller à croire ses paroles. Je laissai sa main caresser ma joue. Et durant quelques instants, je fus avec Antonio dans cette voiture, c'était lui qui me touchait et se rapprochait de moi. J'avais besoin de lui contre moi. Pour avoir l'impression que c'était moi qu'il avait choisie. Moi qu'il voulait.

Non, petite louve.

Des lèvres s'abattirent sur ma bouche, si vite, de manière si chaotique… tout arrivait trop vite. Sa langue se jeta sur mes lèvres, ses mains ratissèrent mes épaules puis mes bras, tirèrent sur mon pull.

Je sentais sa lourde respiration contre moi, et j'avais du mal à respirer tandis qu'il se serrait contre moi, ses bras me clouant à mon siège.

Cours !

Une horrible sensation monta brusquement au creux de mon ventre, et la panique s'ensuivit, dense et rapide. Je poussai de mes mains dans sa poitrine, mais il était comme un mur de briques, inébranlable.

Sa langue me lécha le cou, ses doigts s'enroulèrent dans mes cheveux. Quelque chose se modifia au fond de son regard assombri par le pouvoir. Ses mains se firent plus fortes, plus exigeantes.

L'air était épais comme de la mélasse, lourd à respirer. Je m'étranglais de peur à l'idée qu'il voulait plus qu'un baiser, bien plus que ça.

– Arrête, Noah, s'il te plaît !

Je le repoussai.

Dis-lui... Dis-lui que tu veux qu'il te prenne dans un autre endroit. Sur la banquette arrière. Sa voix se fit plus impérieuse. *Et ensuite, cours !*

Ma peur grimpa en flèche quand Noah glissa la main sous mon t-shirt, découvrant la chair. Il gémit, et mon cœur s'emballa, pris de terreur. Je le repoussai violemment.

– Lâche-moi !

– Calme-toi, grogna-t-il.

Dis-lui !

Noah m'embrassa encore, plus fort cette fois, sa main poussa sous la ceinture de mon jean et mes dessous, ses doigts glissèrent sur la petite touffe de poils et plus loin encore.

Je criai. Mon corps se tordit, le repoussa, tandis que l'adrénaline envahissait mes veines. Sa bouche se pressa férocement contre la mienne, et il grimpa à moitié sur la console centrale, tel un monstre qui m'assaillait.

Un souffle lourd et enragé envahit mon esprit,

comme un orage sur le point d'éclater. *Fais-le!* hurla-t-il. *Maintenant!*

– B-Banquette arrière.

Je tâtonnai à la recherche de la poignée, luttai pour ouvrir la portière. Mes doigts s'enroulèrent autour du métal et je tirai, mais rien ne vint. Cet enfoiré nous avait enfermés.

– A-allons sur la banquette arrière.

Noah grogna contre ma bouche, tandis que sa main arrachait les boutons de mon jean.

– Je suis bien ici.

– Ne fais pas ça!

Je lui balançai des coups de poing, et ma vision s'obscurcit à mesure que je le frappais sur la tête et les épaules. Il planta férocement ses dents dans ma lèvre, et du sang couvrit ma langue, tandis que sa main tirait sur mes dessous; un bruit de déchirure résonna dans la nuit.

– Sois une brave fille et ferme-la.

L'engourdissement me gagna. Mon esprit était incapable de se focaliser sur un moyen de m'en sortir.

Les ténèbres menaçaient à la lisière de mes yeux embués de larmes, tandis que la bouche dégoûtante de Noah se collait à la mienne, que ses mains sales se posaient partout sur moi.

La voiture de sport frémit sous moi, mais Noah ne s'en rendit pas compte, pas plus que du grince-ment soudain.

Il va payer, petite louve. Il va payer de sa vie pour avoir osé te toucher.

Une prise invisible se referma autour de mon cou, et je frissonnai en sentant une autre vague arriver, plus rapide que la première ; le monde devint flou, la bile me monta à la gorge.

En un clin d'œil, mon corps se mit à convulser sur le siège avant, la peur s'infiltrant dans mon cœur.

La voiture fut violemment secouée, ses vitres tremblaient. Le métal gémit, on aurait dit une énorme bête qui rugissait. Son capot s'ouvrit soudain, le métal se tordit sous mes yeux.

Noah retourna précipitamment sur son siège, ses yeux écarquillés de terreur rivés sur le pare-brise avant.

– Mais qu'est-ce… ?

En un éclair aveuglant, tout fut arraché de sous moi et je tombai dans un puits de ténèbres, loin de ce monde. Mes cris résonnaient dans ma tête. Je balançai les bras, essayant d'agripper quelque chose, n'importe quoi.

Je dégringolais à toute vitesse, je ne voyais rien.

Avec un bruit sourd, j'atterris sur quelque chose de souple qui amortit ma chute. Un cri m'échappa. Je regardai autour de moi, la grande fenêtre, la commode à tiroirs, le miroir, le chevalet. Et sous moi, c'était mon lit… J'étais de retour dans ma chambre, agrippant le levier de vitesse en verre de la voiture de sport de Noah.

– Q-qu'est-ce q-qui se passe ?

Je jetai le levier au bout du lit, comme si c'était une infâme partie de lui.

J'étais totalement confuse, incapable de comprendre quoi que ce soit. J'avais la chair de poule, et mon esprit était perdu entre ce qui s'était passé avec Noah et mon retour ici en un clin d'œil. Et comment le métal de son capot avait-il pu se tordre tout seul ?

Je ne cessais de regarder autour de mois dans la pièce, clignant fort des yeux, espérant que ce soit une vision, un rêve – tout sauf la réalité. Je m'attendais à me réveiller pour effacer le brouillard dans ma tête ; ces choses-là n'arrivaient pas dans la vraie vie. C'était impossible.

Je hoquetai et me pelotonnai sous les couvertures. J'avais envie de me cacher du reste du monde, convaincue que c'était une sorte d'horrible cauchemar. Tandis que je me roulais en boule, les larmes refusaient de se tarir, et je pouvais repousser l'impression horrible de saleté qui rampait sur ma chair. Je fermai les yeux, priant pour simplement m'endormir et ne plus jamais me réveiller.

Et je serai là pour t'attraper, petite louve.

CHAPITRE 7

— *E*st-ce que tu es réveillée ?

Ce fut la voix de Jen qui me réveilla, les yeux écarquillés, la sueur coulant dans mon dos. Les bois tortueux s'attardaient, telles des toiles d'araignée, me ramenant à mon rêve.

Je contemplai le plafond blanc avec un malaise au creux du ventre, nouée, comme si une partie de moi était toujours dans mon rêve. Celle qui n'arrivait pas à se rappeler quel jour on était, ni ce que j'avais fait en dernier. Un entre-deux où je flottais librement.

Des nuages d'orages jetaient des ombres par la fenêtre, donnant l'impression que les arbres avaient des branches noueuses et cassées. Il y avait quelque chose de familier chez eux, non parce que je les avais déjà vus dans mes rêves ou dans ma chambre. J'avais vu ailleurs des ombres semblables, déformées, pliées, qui tapaient sur ma fenêtre, tandis que je restais recroquevillée, blottie dans mes couvertures. Je me souvins d'une vague pièce qui sentait bon la clémentine, et des murmures paniqués de quelqu'un dans mon oreille.

Je n'avais guère de souvenirs de mes premières années, mais celui-ci revint en force et s'installa dans mon esprit tel un rocher, comme s'il voulait que je me remémore.

– Tu vas te décider à te lever, oui ou non ? cria Jen devant la porte de ma chambre, brisant ma concentration.

Avec un gémissement, je me redressai avant qu'elle ne débarque, mais mon regard tomba sur le levier de vitesse en verre au bout de mon lit.

Tous les évènements de la veille me revinrent en cascade, déchirant la paix que je ressentais. La bile me remonta dans la gorge.

Noah.

Qui mettait sa main de force dans mon pantalon.

Moi qui tombais de sa voiture pour atterrir dans mon lit.

J'avais envie de me débarrasser de ma propre peau et de me laisser flotter. Rien de tout ça n'avait de sens, à part cette nausée qui montait à l'idée que Noah avait failli me violer.

Sa langue fera un trophée sur mon mur.

– Alors débrouille-toi pour que ça arrive ! Fais quelque chose qui en vaille le coup ! Sois un héros… Quelque chose. *N'importe quoi !* grognai-je à mi-voix, tremblant au souvenir de ce que Noah m'avait fait, comment il m'avait abusée, amenée à baisser ma garde. Est-ce qu'au moins il avait ma voiture, ou avait-il menti aussi à ce sujet ?

Je ne suis pas un héros.

– Alors qu'est-ce que tu es ? explosai-je.

Je suis le loup qui va se venger. Le monstre derrière toi qui se repaît de ta détresse. Le seul qui t'aidera à te reconstruire.

– Arrête de parler par énigmes ! m'écriai-je.

De nouvelles larmes me brûlaient les yeux quand je sortis brusquement de ma chambre, traversai le couloir et ouvris la porte de la salle de bains à la volée pour m'enfermer dedans.

– Tu n'arrêtes pas de me dire que tu es là pour moi. Que si je tombe, tu me rattraperas. (Je tremblais, le dos collé au carrelage tandis que je glissais à terre.) Je suis prête, maintenant. Emmène-moi loin d'ici. Je suis tombée déjà bien assez bas.

Mes larmes roulant sur mes joues, je serrai mes genoux dans mes bras, déchirée par la douleur et le dégoût que je ressentais.

Oh, petite louve... Sa voix se brisa avant de s'évanouir.

– Ouais, c'est bien ce que je pensais.

Tu n'as aucune idée de ce que je suis prêt à faire pour toi.

Je me noyai dans mon chagrin ; tout ce dont j'avais envie, c'était qu'on me laisse seule. D'être invisible. D'oublier tous ces souvenirs, tout le mauvais, toute la haine. Un souvenir me revint en mémoire, qui me suivait depuis une autre famille d'accueil. Un jour, une fille plus âgée m'avait dit que si je voulais qu'on m'oublie, il fallait que je m'ignore moi-même ; un commentaire qu'il m'avait fallu des années pour comprendre, et pendant tout ce temps, je l'avais haïe de m'avoir dit une telle chose. Mais elle n'avait pas tort. Pour survivre, il fallait que j'ignore mes sentiments, peu importe à quel point ils me marquaient et me détruisaient. Personne ne savait ce que j'avais à l'intérieur, toute cette laideur, sauf moi.

Peut-être que tous ces évènements n'étaient que dans ma tête, et que Jen avait besoin de savoir pour m'aider. Je réfléchis à ce que la psy avait noté dans son calepin : *Schizophrénie.* C'était ça qu'on ressentait ?

Un coup fut frappé à la porte, qui me fit sursauter.

– Ne crois pas que tu vas pouvoir manquer l'école aujourd'hui ! brailla Jen.

Je m'essuyai les yeux et me relevai.

– Donne-moi cinq minutes, le temps de me préparer.

Repoussant la douleur et le chagrin, j'entrai dans la douche et accueillis le vide.

Je pouvais le faire, alors je le fis.

La journée s'écoula ainsi.

Les heures.

Les cours.

Je restai dans mon coin, ne dis pas un mot, sautai le déjeuner pour éviter d'avoir à parler à quiconque… surtout Noah, Antonio et Sabrina.

Quand la dernière cloche de la journée retentit, je me joignis à la masse dans le couloir et la laissai me porter. Quelqu'un m'agrippa par le bras et me tira hors du flot humain avec une telle force que j'en trébuchai. Relevant la tête, mon regard croisa celui de Noah.

– Lâche-moi !

Je brûlais intérieurement à sa vue, la haine bouillonnait comme de l'acide dans mes tripes à l'idée qu'il pense avoir le droit de me toucher encore.

Sa bouche se déforma, et j'en eus la nausée, j'étais prête à vomir au souvenir de ce que ses lèvres m'avaient fait la nuit dernière.

Les mots qu'il chuchota me firent l'effet d'un crachat au visage.

– Qu'est-ce que t'as fait à ma voiture, espère de tarée ? T'es devenue complètement dingue et ma caisse est toute cabossée, une vraie épave. Je sais pas comment t'as fait ça, mais tu me dois une nouvelle bagnole. Tu vas pas t'enfuir cette fois, espèce de pétasse. (Il était pétri de haine, le regard noir.) Et je veux récupérer mon levier de vitesse.

Je vis rouge. Je ne me souviens pas d'avoir bougé, mais mon poing s'écrasa sur sa mâchoire, si fort que mes jointures craquèrent. Je le frappai encore et encore, aveuglée par une rage pure.

– Espèce d'enfoiré !

Il ne me rendit aucun coup, mais se recroquevilla et recula, se couvrant le visage. Son regard parcourut la foule qui se rassemblait avant de revenir à moi.

Poussée par l'adrénaline, je le bourrai de coups de poing jusqu'à ce qu'il s'enfuie en courant, bousculant les élèves au passage comme s'ils n'étaient que de la merde.

À bout de souffle, je ne levai pas les yeux, ignorai les voix, ces mots que je haïssais. *Tordue. Malade. Troubles mentaux. Instable.*

Ma respiration était saccadée et l'adrénaline fusait toujours en moi. Je récupérai le sac que j'avais laissé tomber et courus dans le couloir, devant tout le monde, hors de l'école et tout du long jusqu'à la maison. Je ressentais un grand vide au creux de ma poitrine, et la peur s'insinuait en moi. Comment pourrais à nouveau faire face à quiconque dans cette école ?

Je haletai, essuyant mes larmes qui coulaient à flots. J'avais des crampes aux jambes, mais je m'en fichais, je ne m'arrêtai qu'arrivée à la maison. Je m'effondrai contre la porte et allumai la caméra de mon téléphone pour inspecter mon visage. Les larmes avaient séché, mais j'avais les yeux rouges. Mes cheveux blonds tombaient à plat comme si je ne les avais pas lavés. Je fixai mes articulations, dont la peau était meurtrie et craquelée quand j'étendis les doigts.

Je suis très fier de toi, petite louve.

– Il méritait bien pire.

Et c'est ce qui lui arrivera.

Je tendis la main vers la poignée de la porte, caressant l'idée de tout dire à Jen, de cracher le morceau, pour qu'elle m'aide à déchiffrer ce qui s'était passé la nuit dernière.

Elle ne comprendra pas. Aucun d'eux ne comprendra. Ils te donneront des médocs qui t'enlèveront à moi.

Je hochai la tête. Mais s'il y avait vraiment quelque chose qui ne tournait pas rond chez moi ? Peut-être que Noah avait raison, que je m'étais enfuie à la maison la nuit dernière, mais que mon esprit faisait un blocage ? Alors comment ce levier de vitesse avait-il échoué en ma possession ?

Ils ne te veulent pas comme moi que je veux.

J'ouvris la bouche pour répondre, mais m'arrêtai net. J'avais été trimballée de famille en famille toute ma vie parce que personne ne voulait de moi… Est-ce qu'*il* avait raison ?

J'ouvris la porte, laissai tomber mon sac près de l'étagère à chaussures, et traversai le couloir jusqu'à ma chambre. Sans réfléchir, je m'emparai machinalement de mes peintures et mes pinceaux, et sortis une nouvelle toile du fond de mon placard.

Là je me perdis, oubliai tout, je n'avais plus à être quelqu'un d'autre que moi-même. Mon dilemme tourbillonnait dans mon esprit. En parler à Jen, ou faire comme si tout allait bien ?

J'ignore combien de temps s'écoula avant que je

ne fasse une pause pour aller aux toilettes, mais quand je revins, Jen se tenait devant ma toile en se tapotant le menton d'un doigt, comme un critique.

Mon estomac se serra. Je me précipitai vers elle.

– Qu'est-ce que tu fais ici ?

– Guen, c'est toi qui as dessiné ça ? C'est incroyable. (Elle tendit une main vers la peinture.) Surtout...

– Ne la touche pas. Ne la regarde pas.

Je m'interposai entre elle et la toile. C'était quelque chose que je n'avais jamais montré à quiconque. Les bois tortueux étaient mon endroit, moi seule en connaissais l'existence, pas Jen, ni la psy, ni personne d'autre.

Sauf moi.

Elle contemplait la toile.

– C'est incroyable. Comment as-tu pu inventer quelque chose d'aussi beau ?

Jamais je ne le dirais. Cet endroit était mon royaume, celui de mon esprit, celui que personne ne pouvait atteindre ni détruire.

Jen recula et je me précipitai pour ramasser un de mes t-shirts sur le sol et en recouvrir la peinture.

– C'est toujours la même forêt et le même château. Tu as peint cette image encore et encore. Comment cette idée t'est-elle venue ?

Je me tournai pour voir Jen penchée sur mes autres peintures posées contre le mur. C'étaient toutes des toiles de soixante centimètres de côté, parce que c'était la taille la moins chère au magasin discount du coin.

– Laisse-les tranquilles, c'est tout.

J'attrapai la pile de toiles et la plaçai hors de sa portée.

– Ma belle, tu deviens malpolie. Tu as vraiment du talent. Ne les cache pas.

Je secouai la tête. Je ne voulais pas que les gens les voient, parce qu'après, ils trouveraient un moyen de m'arracher à cet endroit. Pour transformer la seule chose que j'aimais en une explication de ma maladie. Ou une autre excuse merdique pour la transformer en un truc laid.

– Laisse-les tranquilles, répétai-je. Elles ne sont pour personne d'autre que moi.

Elle hocha la tête, mais fit la moue.

– D'accord, d'accord. Mais ouvre la fenêtre dans cette pièce. Ça sent le renfermé.

Quand elle partit, je replaçai les toiles le long du mur et m'écroulai sur mon lit, tremblante, avec l'impression que quelqu'un avait saccagé ma chambre. C'était pour cette raison que j'avais dit clairement que personne n'avait le droit d'y entrer.

Petite louve...

– Pas maintenant. Je t'en prie, laisse-moi tranquille.

Je me tournai sur le côté et contemplai les ecchymoses qui se formaient sur mes jointures ; je voulais juste du silence.

*D*eux jours passèrent. École. Maison. Dormir. Une routine simple, mais ça marchait, on me laissait tranquille. Par une journée ensoleillée, je sortis de l'école, dévalai l'escalier et tournai à gauche, comme je le faisais chaque jour pour attraper le bus pour rentrer.

– Guen ! m'appela une voix féminine.

Je fis volte-face et vis Jen qui passait la tête par la vitre de sa voiture et me faisait signe de la rejoindre.

Bon sang, oui, d'accord pour qu'elle me raccompagne à la maison. Je courus vers elle, contournant les élèves. Dans ma précipitation, je me heurtai à Antonio, qui m'agrippa le poignet dans ma tentative de fuite.

– Hé, je ne t'ai pas beaucoup vue, murmura-t-il de sa douce voix de velours.

Je n'arrivais pas à détacher mon esprit de sa main sur moi, et je sentis l'excitation monter en moi… sauf que quand je le regardais, je ne voyais que Sabrina. Et juste à ce moment, cette pétasse diabolique se glissa à ses côtés. Elle avait dû sentir brûler ses cornes. Son regard lourd se posa sur moi alors qu'elle enroulait un bras autour de celui d'Antonio, marquant son territoire de manière possessive.

– Salut bébé. Tu fais quoi ? ronronna-t-elle de sa voix de vache traîtresse en plissant les yeux, suintant la haine à mon égard.

Je parvins à libérer ma main de l'emprise d'Antonio.

Balance-lui un coup dans l'entrejambe.

C'est ce que j'aurais dû faire, mais je ne perdis pas de temps et courus vers la voiture ; je détestais sentir mon cou et mes joues s'enflammer en sa présence. Je détestais me rendre compte que le voir avec elle me déchirait toujours les entrailles. Ils se méritaient l'un l'autre.

Dans la voiture, je m'attachai et regardai droit devant, trop secouée pour tourner les yeux.

Jen, à ma grande surprise, ne posa aucune question, mais elle m'avait forcément vue parler à Antonio, elle l'avait vu avec Sabrina. Elle s'éloigna du trottoir et s'en alla. Une fois dépassée la circulation dense autour de l'école, je me relaxai sur mon siège.

– Merci d'être passée me prendre, dis-je en me tournant Jen, qui me retourna un grand sourire. (Je n'aurais pas dû être méfiante, mais mon radar à emmerdes beuglait dans mon crâne.) C'est en quel honneur ?

– J'ai envie de te montrer quelque chose. Et il faut que tu gardes l'esprit ouvert.

Je remuai dans mon siège.

– Qu'est-ce que tu as fait ? prononçai-je.

Une partie de moi n'avait pas envie de savoir, mais je n'avais pas vraiment le choix.

– Je suis très fière de toi, Guen, et je veux que tu voies à quel point tu es incroyable. Ces dernières semaines, il s'est passé un tas de choses, et tu as géré bien mieux que je ne l'aurais cru. Après tout ce qui s'est passé, de la vente de ta voiture à cet abruti d'Antonio qui a une autre petite amie, à présent tu as besoin de bonnes nouvelles.

Je déglutis avec peine. Si seulement elle connaissait la moitié des emmerdes qui m'étaient tombées dessus.

– J'ai une petite surprise pour toi.

En général, j'avais du mal avec les surprises, mais je hochai la tête et lui souris à mon tour.

– J'ai hâte.

Vingt minutes plus tard, nous nous garions dans la rue principale au cœur de notre petite ville, et sortions de la voiture. J'observai les boutiques alentour. Une pizzéria, un café, un magasin de vêtements. Si c'était ça la surprise, j'étais partante.

Mais Jen fit le tour de la voiture par l'avant et dépassa ces trois établissements, donc de toute évidence, ce n'était pas notre destination.

Je lui emboîtai le pas.

– On va où ?

– Tu verras.

Soudain elle me saisit la main, me fit tourner et franchir une porte ouverte qui donnait sur une immense pièce blanche. Les murs étaient couverts de tableaux, et mon estomac se serra à l'idée qu'elle avait l'intention de me faire visiter une galerie d'art.

Une botte de foin sculptée en forme de dôme faite

de milliers et de milliers d'aiguilles à coudre pointues trônait au milieu de la salle. Un rouet à l'ancienne, argenté lui aussi, était posé sur le dessus. Le soleil qui entrait à flots par les baies vitrées faisait scintiller la structure comme une étoile, et je n'arrivais pas à m'ôter de la tête l'image de quelqu'un trébuchant et tombant sur la construction. Mort par un million d'aiguilles.

Jen m'emmena au fond de la salle, et la peur déferla en moi telle une tempête.

Sur le mur du fond était accroché mon tableau, avec une petite plaque en dessous où figurait mon nom : *La chimère de Guen.*

– Alors, qu'en penses-tu ?

Jen me tapota le bras, mais je me sentais de plus en plus engourdie. Mon œuvre personnelle était accrochée à un mur pour que tout le monde puisse la regarder bouche bée et la critiquer. J'en avais la nausée.

– Tu n'avais pas le droit, marmonnai-je à voix basse, pour que l'autre couple dans la pièce ne nous entende pas.

– Guen, ma chérie. Dès l'instant où j'ai montré ton œuvre à l'artiste qui gère cette expo, elle l'a adorée et a insisté pour l'ajouter à sa galerie. Elle n'a pas eu la moindre hésitation, et sa seule condition, c'était de pouvoir rencontrer l'artiste. Tu es vraiment talentueuse. Ça pourrait t'emmener très loin, ça pourrait être ton truc.

– Mon truc ?

Je n'avais aucune idée de ce que ça voulait dire, mais ça avait sûrement à voir avec le fait de trouver ma voie dans la vie, m'assurer de ne pas finir à la rue comme une SDF.

– Tu aurais dû…

– Bonjour, nous parvint une faible voix de femme derrière nous.

Nous nous tournâmes face à la femme la plus belle que j'avais jamais vue. Grande, presque rayonnante à cause du soleil dans son dos, une peau de porcelaine qui semblait luire, et des cheveux noirs comme la nuit. La jupe de sa robe dorée s'enroulait autour de ses genoux à cause de la brise qui s'engouffrait par la porte ouverte. Ses yeux gris pâle me scrutèrent de la tête aux pieds et son sourire s'élargit, comme si elle approuvait ce qu'elle voyait.

– Guen ?

– Voici Guen, répondit Jen pour moi. Elle est talentueuse, n'est-ce pas ?

– Absolument.

La grande femme angélique prit ma main dans la sienne, sa peau était douce comme de la soie, comme si elle enduisait ses mains de crème hydratante tous les soirs.

– Je m'appelle Áine.

– C'est un joli nom, remarquai-je.

– C'est un prénom irlandais qui signifie « éclat ».

Elle avait un sourire rayonnant, qui allait parfaitement avec son nom.

– Vous êtes irlandaise ?

Elle rit à moitié.

– Non, ma chère. (Puis elle se tourna vers ma peinture.) Ta mère n'était pas sûre du nom que tu voudrais donner à cette œuvre, alors je vais le corriger tout de suite. Comment souhaites-tu la nommer ?

J'avais la tête qui tournait, j'avais du mal à penser clairement.

– J-je n'y ai jamais pensé.

– Ne réfléchis pas trop, dit Áine, tout en douceur. Quelle est la première chose qui te soit venue à l'esprit en peignant cette image ?

– Tu peux le faire, ma douce, ajouta Jen.

Je haussai les épaules.

– Je ne sais pas. Peut-être *Rêves tortueux*.

Au moment où les mots quittèrent ma bouche, je les regrettai. J'en avais trop dit, je ne voulais pas que Jen sache que cette image sortait de mes rêves, mais je sentais déjà qu'elle m'observait, et que les rouages se mettaient en route derrière ses yeux.

– C'est parfait, dit Áine. (Elle cria par-dessus son épaule :) Jean-Claude, une nouvelle étiquette pour cette œuvre, s'il te plaît. *Rêves tortueux*.

Intérieurement, je grimaçai.

Áine revint aussitôt à mes côtés, passa son bras sous le mien, se pressa contre moi, et j'étais envahie de son fort parfum floral aux notes d'agrumes. Elle était peut-être française, ou d'un autre pays d'Europe où se montrer tactile avec les étrangers était normal.

– J'adorerais savoir d'où t'est venue l'inspiration pour cette pièce, dit-elle.

– Oh, elle est très secrète, elle ne le dira à personne, nous interrompit Jen.

J'appréciai qu'elle vienne à ma rescousse.

– C'est ridicule, chaque artiste a une muse. (S'accrochant à mon bras, elle me fit faire le tour de la galerie.) Toutes ces œuvres d'art viennent d'un endroit personnel profondément enfoui chez l'artiste, alors d'où vient la tienne ?

Quelque chose dans sa manière d'insister me tapait sur les nerfs.

– En quoi c'est important ?

Je jetai un œil par-dessus mon épaule et vit Jen discuter avec un grand type aux cheveux gominés et aux yeux soulignés d'eyeliner, occupé à remplacer l'étiquette sous ma peinture.

Áine resserra sa prise sur moi : elle était plus forte que je ne l'aurais cru. Quand je levai le regard sur elle, un éclat d'argent brilla au fond de ses yeux gris, sa beauté s'assombrit, et l'espace de quelques secondes, la pièce parut geler. Même mon souffle se changea en brume devant mon visage.

– Laisse-moi te dire quelque chose.

Ses mots fendaient l'air comme une lame. Elle plantait ses ongles dans mon poignet. Une faim avide crispait ses traits, et son expression changea : on aurait dit quelqu'un qui venait de découvrir le trésor d'un dragon.

– Aïe, vous me faites mal ! (Je tirai pour qu'elle me lâche, ses ongles pénétraient ma chair ; elle plissa le nez, ce qui lui donna une nouvelle apparence.) Lâchez-moi !

Vive comme une vipère frappant sa proie, elle se pencha sur mon oreille :

– Guendolyn, nous t'avons enfin retrouvée.

CHAPITRE 8

– Guen! m'appela Jen depuis l'autre bout de la galerie.

Je pivotai, cillant rapidement pour chasser le flou de ma vision. Pour quelle raison avais-je l'impression qu'un camion m'avait roulé dessus ?

Jen se précipita vers moi, l'air apeuré. Elle m'agrippa la main.

– Est-ce que tu vas être malade ? Qu'est-il arrivé à ta main ?

Elle avait la voix paniquée et tendue.

Baissant les yeux sur mon poignet, je vis le sang goutter et couler sur mon bras depuis trois petites coupures de la taille d'un ongle. Des taches rouges atterrirent sur le sol blanc immaculé, telles des gouttes de sang dans la neige. Mon cœur battait à tout rompre tandis que j'essayai de trouver un sens à ce qu'Áine venait juste de me faire… et de me dire.

Jen sortit un mouchoir de son sac et le pressa sur mes blessures.

– Comment tu t'es coupée ?

Je regardai derrière moi, ne vis Áine nulle part. S'était-elle enfuie de la boutique ?

– Où est-elle ?

– Concentre-toi, insista Jen.

J'avais l'impression qu'on m'avait soufflé une bouffée de fumée à l'intérieur du crâne.

– Ses ongles, murmurai-je. Ils étaient tellement tranchants. Son visage…

– C'est elle qui t'a fait ça ? siffla Jen, attirant l'attention du couple qui traînait dans l'expo principale.

Mais je n'avais pas les idées claires et ne parvins qu'à hocher la tête.

Guendolyn, nous t'avons enfin retrouvée, avait-elle murmuré.

La voix dans ma tête avait dit quelque chose de similaire : *Il faut juste que je te trouve.*

Ils ne pouvaient pas être liés… Non. Comment serait-ce possible ? Il était dans ma tête, dans mon esprit délirant, il faisait partie de ma schizophrénie… Enfin je croyais.

J'avais lu quelque part que les coïncidences signifiaient que vous étiez sur la bonne voie. Sauf que rien n'avait l'air d'aller ici, et que je n'éprouvais qu'une lourde inquiétude.

– Ma douce. (La voix tendre de Jen me sortit

doucement de mes pensées.) Reste ici une seconde. Ne touche à rien.

Comme si j'allais bouger. Mon regard se porta sur une énorme structure faite d'épingles toutes attachées à leurs têtes métalliques. Je me rapprochai du mur, terrifiée à l'idée que je pourrais trébucher et tomber sur cette chose.

Jen fila au fond de la galerie en agitant les bras, et bouscula Jean-Claude. Elle décrocha ma peinture du mur, la cala sous son bras et revint droit sur moi pour me prendre la main et me tirer hors de l'établissement.

Elle se tourna un bref instant.

– N'achetez rien ici. Áine est violente. Elle a attaqué ma fille et l'a fait saigner.

Sans un mot de plus, elle me guida vers sa berline. À cet instant, j'adorai Jen plus que je ne l'aurais jamais cru possible. En dépit de tous les ennuis que j'avais causés, elle ne voulait que le meilleur pour moi. Malgré toutes mes scènes folles, elle croyait en moi.

Une fois montées dans la voiture, elle me prit la main pour inspecter mes blessures, essuya le sang avec le mouchoir taché.

– Je suis désolée. Je n'aurais jamais dû amener ta peinture ici. J'aurais dû t'écouter.

– Tu ne savais pas qu'elle était dingue et qu'elle m'attaquerait.

Elle pinça les lèvres et fronça les sourcils.

– Je suis censée te protéger, faire de mon mieux pour toi, et j'aurais dû me méfier. (Elle croisa mes yeux noyés de larmes.) Est-ce qu'elle t'a fait du mal ailleurs ? Que t'a-t-elle dit ?

– Pas grand-chose, juste du charabia sur les peintures.

– Demain, je vais porter plainte auprès de son propriétaire afin qu'elle perde son droit au bail de la galerie.

– Comment tu sais qu'elle n'en est pas propriétaire ?

Jen démarra la voiture et s'inséra dans la circulation.

– Je connais la personne qui possède tout le complexe. C'est le cousin d'une collègue de travail.

Ses mains étranglaient littéralement le volant. Elle secouait la tête et de temps à autre, elle me jetait un regard avec un sourire compatissant.

Je ne cessais de me rejouer l'incident dans ma tête, sans trop savoir ce qui s'était passé, et me retrouvais avec plus de questions que de réponses. Pourquoi Áine s'était-elle comportée aussi bizarrement... Aussi agressivement ?

Et si elle en savait plus que moi que moi-même ? Mon passé était un véritable trou noir. Je n'avais ni parents biologiques ni famille... rien qu'un nom. Était-ce seulement le mien ?

– Est-ce que Guen est mon vrai nom ?

Jen me scruta, sourcil arqué.

– Qu'est-ce que tu veux dire ?

Je haussai les épaules.

– Ils ont dit que j'étais dans un refuge pour femmes, où l'on m'avait amenée avec juste un ruban à mon nom noué autour de la cheville. Alors est-ce que Guen pourrait être un diminutif ?

Elle pinça les lèvres et réfléchit longuement à ma question.

– Tu me laisses consulter les archives au travail demain, d'accord ?

Elle me tapota la cuisse.

– Merci pour tout. Je sais que je ne le dis pas souvent, mais j'apprécie vraiment.

Son sourire exprimait tellement plus que des mots, et malgré les conséquences de tout ce merdier à la galerie, je ne changerais rien, parce que ça m'avait fait réaliser quelque chose. Je me rendais compte que Jen était bien plus qu'une mère d'accueil. C'est mon ange gardien. Ma marraine la fée, si une telle chose existait.

J'essuyai le sang sur mon bras et contemplai les blessures en forme de demi-lune, qui commençaient déjà à coaguler. Áine s'était montrée si furieuse, insistant pour me dire qu'elle m'avait retrouvée. Tout cela n'avait aucun sens, mais c'était peut-être une autre personne qui n'avait pas non plus toute sa tête.

– Que dirais-tu d'une pizza pour le dîner ? suggéra Jen.

– Chez Luigi ? Pepperoni ?

– Évidemment !

– Parfait.

Je me calai dans mon siège, serrant le mouchoir contre mes coupures, et me dis qu'une soirée à me goinfrer de pizza pour tout oublier était recommandée par le docteur.

***

*A*ujourd'hui il y avait quelque chose d'étrange dans les bois.

Les branches tortueuses restaient immobiles – trop immobiles, il n'y avait pas de brise – et des ombres peuplaient la forêt plus que jamais. Elles assombrissaient l'endroit que je ne connaissais que trop bien ; il n'y avait pas un souffle dans les bois.

Un frisson me parcourant l'échine, je me tournai vers le château, le royaume porteur d'une promesse de liberté au-delà de cette sombre forêt faite de dents et d'épines. Un endroit où me réfugier si j'atteignais son sanctuaire à temps.

Je m'éloignai de la pénombre qui engloutissait la forêt, comme je le faisais toujours, les yeux rivés sur cet endroit hors de portée, où je sentais que j'avais ma place.

Un bourdonnement de murmures s'éleva autour de moi.

Aujourd'hui, ce n'était pas une seule personne, mais beaucoup qui m'observaient, et leurs regards pesaient dans mon dos. J'avais la chair de poule à cause de la douleur cuisante dans mon avant-bras. Je baissai les yeux, vis le sang s'écouler librement des trois blessures. Les gouttes tombèrent dans la poussière. Là où grandissaient les choses autrefois brisées, mon sang colorait de noir tout ce qu'il touchait.

Mon cœur battait trop vite, j'étouffais, et je m'élançai vers le seul endroit où je me sentais en sécurité. Le royaume.

Un mouvement agita les bois autour de moi, glissa soudain sur mon passage.

Je m'arrêtai net, la respiration hachée, pantelante.

Aujourd'hui, ils allaient m'attraper – je le sentais jusque dans mes os. À présent ils avaient mon odeur, le délicat goût épicé de mon sang sur leurs langues. Aujourd'hui, c'était la fin.

Une silhouette émergea de l'obscurité. Un homme viril, grand, puissant. Il se tenait au loin. Vêtu d'un manteau style militaire qui lui arrivait aux genoux, avec des boutons argentés et un col haut, il était spectaculaire.

Il dégageait un sentiment de pouvoir… Celui qui dominait en grande partie la terre… et moi. Son pantalon de cuir noir moulait ses jambes puissantes, et il portait une chemise couleur de nuit qui semblait en soie, ou faite d'un tissu que je n'avais jamais vu. Ça avait l'air hors de prix. Plus cher que tout ce que je pourrais jamais rêver de m'offrir, c'était certain. La chemise était ouverte sur sa gorge.

Cet homme ne devait pas avoir plus de quelques années de plus que moi, mais il avait assez d'assurance pour nous deux. Ses cheveux longs lui tombaient aux épaules, noirs comme la nuit, sa peau était à peine hâlée, comme s'il passait rarement du temps au soleil.

Trempée de sueur, je cherchais une échappatoire autour de moi, mais des arbres et des buissons épineux me bloquaient le passage. Pourtant je connaissais ce chemin, pour l'avoir parcouru des centaines de fois. Je n'aurais pas dû avoir peur. C'était chez moi... même si aujourd'hui l'ombre qui se contentait toujours de m'observer sortait de sa cachette.

– Qui es-tu? lui criai-je, avec un semblant de bravoure.

– Peu importe qui je suis. Qui es-tu, toi? répondit-il d'une voix masculine et séductrice.

Ma bouche se referma d'un coup quand mon esprit se braqua sur celui qui se tenait au loin, et que je reconnus aussitôt.

Lui. Le fameux *lui.* L'homme sans nom. La voix qui me faisait rire et que je craignais, qui me faisait trembler. Qui me promettait des choses.

Il s'avança dans la faible lumière; la brise soufflait autour de nous à présent, réveillant les arbres de leur sommeil, nous accueillant par des bruissements.

Je ne parvenais pas à m'empêcher de le dévisager, de contempler les yeux les plus magnifiques que j'aie jamais vus. Brillants comme un feu dansant sur l'eau (si une telle chose était possible), ils flamboyaient, couronnés de sourcils noirs. La curiosité me poussait à scruter ses pommettes ciselées, sa mâchoire robuste et volontaire, ses lèvres pleines légèrement incurvées, comme s'il était sur le point de sourire. Qu'y avait-il de si amusant à ses yeux ?

Il s'approcha, avançant avec la grâce d'un homme habitué à être observé – épaules larges, menton relevé ; ses yeux étaient intenses, puissants et dangereux. Il voyait tout, ne ratait rien, alors pourquoi est-ce qu'il *me* regardait de cette façon ?

Je me raidis. Peu importe qu'il soit beau à se damner ; quelque chose dans sa présence me mettait mal à l'aise. Il s'approcha encore, me domina. Je reculai d'un pas.

La peur s'enroulait comme des cordes autour de ma poitrine en sa présence.

Il sourit. Devais-je lui sourire en retour ou m'enfuir ?

Devant mon hésitation, il haussa un sourcil, et les coins de sa bouche se retroussèrent.

– Bonjour, petite louve.

Les rouages de mon cerveau étaient toujours en train de mouliner pour comprendre, embrumés par la douceur de sa voix, par la chaleur qu'il déclenchait en moi.

– Pardon, quoi ?

Il éclata de rire, comme toutes les fois où je l'avais

écouté dans ma tête. C'était mon rêve… Je le savais, l'avais toujours su, mais cette fois, c'était différent. Il était différent, et il n'aurait pas dû être là.

– Qu'est-ce que tu fais ? lui demandai-je, complètement fascinée que mon esprit ait fait apparaître un homme aussi beau pour aller avec cette voix délicieuse.

– Je t'avais dit que je finirais par te trouver.

La chaleur grimpa dans mon cou.

– Et *je* t'avais dit à quel point ça ressemblait à un harcèlement flippant.

Sa bouche se fendit du plus mortel des sourires, qui me fit trembler les genoux. Il m'observa avec ce sourire, et son regard caressa mon visage, mes seins, mes jambes. Je me sentais complètement vulnérable et carrément excitée. Sauf que tout ça, c'était dans ma tête, dans mon rêve, n'est-ce pas ?

Pourtant une partie de moi ressentait cette envie de courir vers lui et l'étreindre comme si nous étions des amis perdus de vue de longue date, ou quelque chose comme ça, mais ça aurait été insensé de faire une chose pareille. En plus, il n'avait pas l'air du genre à prodiguer des câlins, même si j'aurais adoré être dans ses bras. Preuve en était, j'étais juste excitée par un type sorti tout droit de mon imagination.

Je ravalai donc ma confusion et ignorai le feu qui s'était allumé dans mon ventre.

– Vu que tu as enfin cessé de te cacher, tu veux me faire visiter ? Tu pourrais peut-être me montrer comment atteindre ce royaume là-bas ? (Je désignai du menton le palais au loin.) Et bon sang, qui es-tu vraiment ? Tu as un nom, ou dois-je t'appeler mon ombre ?

Un rictus glissa sur sa magnifique bouche, mais il s'enfuit aussi vite qu'il était venu, sans que jamais son regard ne me quitte.

– À ce que je vois, ta langue est toujours aussi acérée.

– Et tu parles toujours par énigmes. En quoi c'est nouveau ?

– J'ai tellement de secrets à te révéler, commença-t-il. Des choses que tu as vues des milliers de fois, mais jamais comme ça.

– Quel genre de secrets ?

– Le genre de secrets qui te montreront la vérité au sujet de ton passé.

– Mon passé ? Tu veux parler de mes parents ?

Des branches et des feuilles craquèrent dans les bois autour de nous. Je me tournai quand sa main s'empara de mon poignet ensanglanté. Il m'attira à lui si vite que j'en trébuchai, et je heurtai un mur de muscles. Ma main était coincée entre nos cops, et dans la panique, je m'étais agrippée désespérément à sa chemise. Son parfum masculin boisé me titillait, et le feu reprit de plus belle en moi.

– Tu n'es plus en sécurité dans cet endroit, grogna-t-il.

Il porta ma main à sa bouche et passa la langue sur ma blessure.

– Beurk, est-ce que tu viens de goûter mon sang ?

Je tirai sur mon bras, mais il refusa de me lâcher.

– Ça guérira plus vite.

Mon sang se figea quand un nouveau craquement de feuillages se fit entendre. Je pivotai, scrutant les bois. Je perçus un mouvement dans les replis de ténèbres.

– Qui est là ?

– Des monstres ?

Je levai les yeux vers lui – les siens s'assombrissaient.

– Tu m'as dit une fois que c'était toi le monstre.

– Comment penses-tu qu'on puisse les détruire ? En devenant l'un d'eux.

Ses mots tournoyaient dans ma tête, la peur me serra la poitrine et je m'écartai de lui. Mais il tint bon et pivota, puis se remit en marche, me traînant derrière lui. Je trébuchai pour suivre le rythme. Je ne cédai pas, continuai de lutter contre son emprise, toujours déroutée de voir à quel point mon esprit devait être tordu pour inventer des conneries pareilles. De voir que je sentais réellement sa main sur mon bras. Les rêves n'étaient pas aussi tactiles.

Mon cœur martela ma poitrine et ma peau se couvrit de frissons.

– Laisse-moi partir ! Je ne plaisante pas.

– Il faut que tu t'en ailles, gronda-t-il d'un ton

sévère, sauvage. (Il me serrait si fort que le sang ne circulait plus dans ma main.) Sois gentille.

– Tu n'es pas la voix dans ma tête, crachai-je. Tu ne peux pas être lui, parce que jamais il ne me ferait de mal. Il a promis de me sauver et de faire payer ceux qui m'ont fait du mal.

Ma voix frémit.

– Et j'ai aussi dit que je n'étais pas un héros. Que les dieux aient pitié de ceux qui t'ont fait du mal, car moi je n'en aurai pas.

Il s'arrêta et se retourna, m'obligeant à lui faire face. Des ombres rampaient sous ses yeux, et son sourire me terrifiait.

– Ce ne sont que des mots.

Je secouai le bras pour m'arracher son étreinte, en vain. Je n'arrivais pas à croire qu'il ait pu changer aussi rapidement.

– Ceux qui se cachent dans l'obscurité vont te déchiqueter, suceront la moelle de tes os, porteront ta peau comme un ornement, mais… ma petite louve, tu *devrais* avoir peur du monstre le plus effrayant de tous – moi, siffla-t-il. Tu n'as aucune idée de jusqu'où je pourrais aller.

Je réfrénai le frisson qui me consumait, et lui ricana de me voir haleter.

Je détestais ses paroles, ses traits tordus, je le détestais lui. J'avais la gorge serrée.

– Tu n'es qu'un menteur sans cœur.

Jusqu'à présent, je n'avais pas réalisé que l'homme

dans ma tête était le véritable démon, qui me fixait à présent avec une faim lubrique au fond des yeux.

Il claqua la langue et une puissance mortelle émana de lui.

– Qui es-tu ? criai-je, terrorisée, le choc me remuant les entrailles.

– Tu le découvriras bien assez tôt.

Il plaqua ses mains sur mes épaules, m'envoyant valser, tandis que mon corps se relâchait. Un sanglot s'échappa du plus profond de ma gorge. Une étincelle jaillit à travers mon champ de vision et le monde s'estompa rapidement.

Les ténèbres m'engloutirent, et même si je savais qu'il serait toujours là dans ma tête à m'attendre, je hurlai.

CHAPITRE 9

LUTHER

— Guendolyn, murmurai-je.

Elle ne remua pas. J'en eus des frissons dans le dos, mais je n'avais pas de temps à perdre.

C'était une terrible idée, une idée merdique, et pourtant j'étais là dans sa chambre ; la nuit l'enveloppait sans rien cacher.

D'une façon ou d'une autre, Guendolyn avait ouvert le passage de son endroit vers le royaume humain, et il était plus que temps, sauf qu'à présent son aura la trahissait devant chaque pervers suceur d'âme du Royaume Errant.

Les ombres s'étiraient déjà et traversaient la lande devant sa fenêtre. Je parcourus sa chambre. Des vêtements et des livres traînaient par terre, des peintures et un chevalet près de la fenêtre. Je passai devant un livre dont la couverture montrait un homme mince aux cheveux courts, portant un pantalon serré, la peau couverte de dessins, les oreilles percées. Était-ce ce que les femmes appréciaient dans ce royaume ?

Je parcourus la chambre du regard ; j'avais vu des bordels plus propres que ça.

Guendolyn était étendue dans son lit, la couverture repoussée jusqu'à la taille, son haut remonté sur son estomac, exposant sa douce peau laiteuse ; mes doigts se crispèrent d'envie de tendre la main et de parcourir son corps, de la goûter du bout des dents.

Si j'étais loyal à la Cour des Ombres, je m'en irais et laisserais les loups la prendre, car ce qu'elle était réellement pourrait tout détruire... y compris moi. J'aurais dû le faire il y a bien longtemps, parce qu'à la regarder maintenant, je sentais ma poitrine se serrer. Je ne pouvais pas la laisser, pas comme ça.

Sa respiration lourde emplissait la nuit, mais ses yeux remuaient sous ses paupières. Elle était belle, bien plus que je ne m'y étais attendu, même dans ces haillons humains qu'elle portait. Elle était un peu mince à mon goût, mais des seins voluptueux. Ses cheveux platine s'étalaient sur son oreiller, et une fine ligne de taches de rousseur parsemait son petit nez. La première fois que j'avais posé les yeux sur elle dans les bois, mon maudit cœur de glace s'était mis à marteler ma poitrine.

Elle remua dans son lit et un gémissement s'échappa de ses lèvres rouges.

Captivante.

Enivrante.

Il fallait que je la possède.

Une faible vibration dans le plancher et les murs me mit en alerte. Les loups étaient presque là. Dehors, les arbres s'agitaient violemment. La femme devant moi détenait la clé qui pourrait tout changer dans le Royaume Errant.

Mais je m'avançais, rêvant d'un monde plus sombre, un endroit désormais possible, mais d'abord Guendolyn devait survivre. La pensée qu'elle soit blessée me glaçait.

Je l'emmènerais, la protègerais de la seule manière que je connais.

Le besoin de la protéger rugissait fort en moi. Je me penchai, glissai les bras sous son dos et ses genoux, et la soulevai contre moi, me délectant de la douce courbe de son sein pressé contre mon torse. Elle était légère et si chaude. Sa chaleur provoquait des étincelles sur ma peau. Son parfum sucré de vanille me surprit, et mes bourses se contractèrent. Ces lèvres, si roses, si pulpeuses… J'avais envie de les goûter, les marquer, la sentir se trémousser sous moi.

Mon cœur battait la chamade et je mourais d'envie de la goûter.

Ses yeux s'entrouvrirent… brillants comme le plus bleu des océans. Magnifiques. Mais j'y lus de la peur.

Innocente et si fragile.

La peur lui fit écarquiller les yeux et pâlir les

joues. Elle était encore plus belle quand elle avait peur.

– Dors, petite louve, roucoulai-je alors que le pouvoir m'envahissait, flottait dans mon souffle, vacillait et scintillait sur son visage.

– T-toi, murmura-t-elle.

Elle n'aurait pas dû être capable de me résister, mais ses yeux se révulsèrent et son corps se mit à convulser. Elle secoua la tête, luttant contre l'enchantement qui la balayait. Ma voix avait du pouvoir sur les innocents, qui ne reconnaissaient pas la force de mes mots.

Une série de grognements retentit à l'extérieur, et je jetai un regard dans les ténèbres.

– Dors.

La panique tendait ma voix, j'avais la tête qui tournait. *Ta vie ne sera plus jamais la même.*

Elle finit par fermer les yeux et se ramollir dans mes bras.

Les ombres s'étiraient dans les coins de la chambre, et il en émanait le bruit de quelque chose tiré sur le sol. Un grognement sourd et guttural, une menace.

La peur m'étouffait, non pour ma sécurité, mais pour ma petite louve. Par les sept enfers, comment l'avaient-ils retrouvée aussi vite ?

Je pivotai, sentant leur présence pesante, et mes muscles se tendirent.

– Ouvrez, grognai-je.

Boum. Boum. Des pas martelèrent le plancher, accourant derrière moi.

Les poils de ma nuque se hérissèrent et le désespoir m'envahit.

L'air se mit à scintiller devant moi. Sans perdre une seconde, je me jetai dans l'ouverture du voile entre nos deux mondes, tenant Guendolyn serrée dans mes bras.

– Fermez ! aboyai-je.

Des griffes labourèrent la chair de mon dos, fendirent la peau.

Je me cambrai, grognai et titubai, englouti par les ténèbres, le dos en feu.

Je pivotai, l'esprit aveuglé par la terreur. Le portail n'était plus là. Un bras armé de griffes, tranché, s'agitait sur le sol de la forêt, son sang souillant la terre.

– Tu as de la chance de n'avoir perdu que ça, espèce d'enfoiré.

Des hurlements résonnèrent dans la nuit ; j'étais couvert de sueur. *Merde !*

Je me retournai et courus à travers bois, la serrant fort contre moi en priant pour ne pas être en train de faire la pire erreur de ma vie.

CHAPITRE 10

LUTHER

— Où est-elle ?

Les paroles crispées d'Ahren restèrent suspendues entre nous, et ses épaules se raidirent.

– Elle est en sécurité ici, tu n'as pas à t'inquiéter, insistai-je en me levant du canapé, les muscles tendus à force d'écouter le coup de gueule de mon frère.

Je n'avais pas une seule seconde imaginé qu'il laisserait passer ça, bien au contraire, mais entendre la désapprobation dans sa voix commençait à me taper sur le système.

Une brise fraîche s'engouffra dans la pièce par la fenêtre ouverte, apportant avec elle le froid de l'hiver qui approchait.

Ahren écarta de son visage quelques mèches de cheveux blancs comme neige. Ses yeux étaient bleu glacier. Il était comme tout le reste de la famille, à l'exception de Grand-père, le roi dément, et moi. Beaucoup croyaient qu'avoir les yeux verts était le signe de la maîtrise du pouvoir de double vue. Les anciens disaient qu'avoir passé trop de temps dans l'esprit des autres l'avait rendu fou et avait fini par le tuer. Mais je connaissais la vérité. La chute de Grand-père s'était produite quand il avait pénétré l'esprit de mon père alors qu'il n'aurait pas dû.

Deimos, mon plus jeune frère, était étendu sur le canapé avec un rictus et nous regardait pour s'amuser. Il portait toujours son pantalon de chasse en cuir maculé de boue. Il avait des traînées de sang dans le cou et des taches sur ses cheveux blancs rassemblés en queue de cheval. Il était encore parti à la chasse aux fées, ces vermines suceuses de sang qui avaient décimé tout un village proche loyal à notre Cour, ne laissant derrière elles que des corps décapités. Elles se nourrissaient de cerveaux et d'yeux. Des choses dégoûtantes.

– Ne me sers pas de mensonges, aboya Ahren, le visage sévère (le même que Mère quand elle était furieuse, les mêmes pommettes hautes et les mêmes yeux bleu pâle.) Et tu sais que ce n'est pas sa sécurité qui m'inquiète. Tu as pris bien trop de risques en allant dans le royaume humain. Si Père le découvre…

Je lus la déception sur son visage tandis qu'il faisait les cent pas à travers la pièce, sa lourde robe noire traînant derrière lui sur le sol de pierre noire. Je détournai le regard, fatigué de son cinéma, et me dirigeai vers la fenêtre.

– Je n'en attends pas moins de toi, frère.

La Cour des Ombres s'étalait en bas, palais après palais de royaux et d'aristocrates. Chaque bâtiment brillait de noir sous le soleil de midi, avec des bordures de couleurs variées autour des toits et des fenêtres. En bas dans la vallée, le reste des faë vivait dans de petits cottages. Plus haut les gens vivaient dans la montagne, plus élevée était leur position dans la société. Mais je m'étais lassé des jeux, des coups de couteau dans le dos et des meurtres au sein de la Cour des Ombres. Sans parler des batailles sans fin contre la Cour des Cendres. Les Royaumes Errants étaient en guerre depuis ma naissance – vingt-cinq années faë.

La respiration lourde d'Ahren emplissait la pièce. Il m'irritait à toujours s'opposer à tout ce que je suggérais.

– Tu n'es pas encore roi, annonçai-je. Tu n'as aucun pouvoir sur moi. Et bon sang, tu renifles comme un sanglier dans tu es énervé.

Un silence mortel creusa l'écart entre nous. Les traits d'Ahren se tordirent, son expression ironique recelant la promesse d'un châtiment.

– Tes remarques puériles ne sont pas celles d'un prince.

– Va te faire voir. C'est mieux ?

– Ça pourrait être amusant d'avoir un jouet à la maison, nous interrompit Deimos, la voix lourde de menaces.

Je me tournai vers lui, ravalant ma colère.

– Frère, tu as tué chacun des jouets qu'on t'a donnés. Elle ne t'appartient pas.

– Elle ne t'appartient pas non plus, lança Ahren d'un ton mordant, la bouche tordue en un rictus.

J'en eus l'estomac retourné, mais un feu jaillit en moi.

– Je l'ai trouvée. Elle est à moi, grognai-je.

Une rafale d'air glacé s'engouffra dans la pièce, souffla dans mon dos, me poussa en avant.

J'avais passé trop de temps dans sa tête pour l'abandonner si facilement maintenant.

– Alors quoi, quel est *ton* plan ? Deimos s'adossa, une jambe croisée sur un genou, les bras étendus sur le dossier du canapé.

– Mon plan, c'est de sauver la fille. Tu connais les histoires sur son passé aussi bien que moi. J'ai fini par la retrouver, alors je l'ai emmenée avant que les loups de la Cour des Cendres n'aient l'occasion de lui trancher la gorge.

– Pourquoi ? Sa trahison ne nous regarde pas, et si c'est son destin…

– Le destin, m'écriai-je. Trahison ? As-tu oublié quelle famille tu sers ? Cette fille est la clé pour remettre de l'ordre dans tout ce qui ne va pas depuis si longtemps.

Ahren se força à ricaner.

– Tu n'es *pas* mon frère. (Il pivota vers Deimos.) Tu n'aurais pas vu Luther ? Parce que, qui que soit cet imposteur, c'est impossible qu'il soit mon frère puisqu'il parle de faire la paix avec la Cour ennemie.

Je rejoignis Ahren en deux enjambées et lui saisis la gorge.

– Tu seras roi un jour, grondai-je. As-tu l'intention de régner aveuglément, ou de trouver un moyen de prendre le contrôle des deux Cours avant que le dernier faë ne soit tué dans la bataille ? Sinon, tu pourrais tout aussi bien abdiquer de la Cour des Ombres dès aujourd'hui.

La haine déferla dans ses yeux bleus.

– Là, c'est le Luther que je connais. (Il poussa fort ma main, l'arrachant à ma prise, et m'attira dans une étreinte avant de me marteler l'épaule du plat de la main.) Nous nous servirons de qui elle est vraiment pour aligner le pouvoir de notre côté. Bien sûr, ça pourrait impliquer qu'elle se marie dans notre famille afin que nous puissions conserver notre pouvoir.

Je ne ressentais que la colère qui bouillait dans mes veines, la fureur qui montait en moi. J'avais peut-être commis une erreur en leur parlant, mais un jour ou l'autre ils auraient fini par le découvrir. Nous vivions ensemble en ce palais... Un lieu gardé et protégé par un enchantement instillé au cœur des murs pour les rendre impénétrables. C'était l'endroit le plus sûr pour elle, alors il fallait qu'ils comprennent.

Ahren se mit à rire et un grondement roula dans ma poitrine, car je savais très bien où il voulait en venir avec son commentaire. Quand il parlait de *se marier dans notre famille*, il parlait de *l'épouser lui*. Je le repoussai, la vue brouillée par la fureur qui me consumait.

– Ce n'est pas à toi de la prendre.

– Frère, depuis quand tu es opposé à l'idée de partager ? (Ahren serra les dents.) Je ne t'ai pas vu aussi énervé depuis le jour où Père t'a confisqué ton aigle de compagnie quand tu avais six ans.

Je haussai un sourcil.

– Confisqué, c'est bien loin de décrire ce qu'il a fait.

– Je t'avais dit de ne pas pénétrer l'esprit de notre oncle, me rappela Deimos.

– Certes, mais on a trouvé où il avait massacré cette jeune fille, rappela Ahren.

– Et du coup j'ai perdu mon animal de compagnie.

Car utiliser mon pouvoir de double vue sur un faë me trahissait en un clin d'œil, et Père interdisait l'usage d'un tel pouvoir dans son royaume.

– Qu'est-ce qui se passe vraiment, Luther ? s'enquit Arhen d'un ton radouci, pour changer. Ça ne te ressemble pas.

– Ils allaient la tuer, murmurai-je.

Je ne voulais pas leur dire que je songeais à elle chaque jour, que je me languissais d'entendre sa voix dans mon esprit, que j'étais tombé si amoureux que j'avais tout risqué pour la mettre en sécurité.

– Elle possède le pouvoir, même si elle n'en a pas encore conscience.

– Et du coup, tu ramènes tous les loups à notre porte parce qu'elle pourrait être spéciale ? Pendant si longtemps elle n'a été qu'une rumeur, un mythe… Comment peux-tu être si sûr que c'est elle ?

– Vous vous trompez tous les deux. (Deimos se pencha en avant sur le canapé, les bras appuyés sur ses cuisses.) Si cette fille est l'héritière légitime, si les histoires sont vraies, alors elle est maudite. Vous connaissez tous deux la légende. Si c'est elle, il y a une bonne raison à son exil. Son retour déclencherait une guerre contre nous, de la part de nos ennemis comme de notre famille.

Ahren réfléchit à ces paroles, immobile, faisant courir son pouce sur le bout de ses doigts, comme il le faisait toujours quand il était plongé dans une intense réflexion.

– Si j'ai mon mot à dire, elle ne s'approchera pas de la Cour des Cendres.

Deimos et Ahren me regardèrent avec incrédulité.

– Vraiment ? s'étonna Ahren. Donc tu proposes qu'on la garde enfermée pour toujours ? En quoi ça nous sera bénéfique ?

Deimos ouvrit la bouche pour répondre, mais le grincement du parquet l'en empêcha.

Nous nous figeâmes, puis nous nous tournâmes vers la porte d'entrée entrouverte.

Une ombre glissa derrière la porte, qui nous écoutait.

CHAPITRE 11

*J*e reçus un petit coup dans les côtes.

Je roulai.

– Arrête. Je vais me lever.

Un autre coup, qui me fit ronchonner. Je le jure, j'avais juste besoin de quelques minutes de plus.

Les yeux ouverts, je croassai :

– Jen, si...

Mais c'était un chat aux yeux couleur de topaze qui me fixait. Le félin noir me donna un autre coup de tête avant de pivoter et sauter au bas du lit avec un bruit sourd.

– Hé, c'était quoi ça ?

Mais quand je regardai autour de moi, mon cœur se mit à battre la chamade. Attendez, ce n'était pas ma chambre.

Des rideaux de velours noir encadraient les fenêtres en plis généreux, et des rideaux de dentelle ondulaient dans la brise rafraîchissante. C'était une pièce élaborée, depuis les murs de granit noir jusqu'à la tête de lit en acajou sculpté, en passant par la chaise dorée au rembourrage noir près de la porte, dont les bras ciselés ressemblaient à des pattes d'ours.

Miaou.

Je me penchai au bord du lit et regardai la petite panthère.

– Où suis-je ?

Le chat s'éloigna, la tête et la queue haute, et traversa la pièce en chaloupant avant de sauter sur la chaise. Après avoir fait deux tours sur lui-même, il se roula en boule sur la chaise.

Bon. Je sortis les jambes du lit. Je portais toujours mon pyjama bleu, celui avec des petites lunes souriantes trop mignonnes. C'était cucul, mais personne ne me voyait avec.

À la fenêtre, je repoussai le rideau sur un brillant ciel d'azur, sans le moindre nuage. Une forêt sombre s'étendait à perte de vue, et des montagnes s'amoncelaient au loin, comme une armée prête à frapper.

Rien ne me semblait familier, je ne voyais ni le château ni le pont. À un moment donné, j'étais face à l'homme de mes rêves – je levai les yeux au ciel tellement cela sonnait ridicule, même si c'était l'homme le plus sexy que j'aie jamais vu – et l'instant d'après, je me réveillais ici. La chambre luxueuse, les bois audehors, et moi pas chez moi. Ouais, il y avait décidément tout un monde imaginaire dans ma tête.

Je marchai sur le plancher froid, un malaise s'installant au creux de mon ventre. Grattouillant la tête du chat au passage, je franchis la porte laissée ouverte.

Je vis d'autres meubles encore plus élaborés, et le thème noir continuait dans une sorte de salon. Je pourrais m'habituer à m'étendre sur un canapé capitonné aux soyeux coussins immaculés pour admirer la vue. Le mur latéral était occupé par une immense cheminée de pierre. J'entendis un bruit sourd derrière moi, et la petite panthère suivit ma trace.

– Tu as décidé de me surveiller, à ce que je vois ?

Je m'arrêtai pour qu'il me rattrape, puis le caressai derrière les oreilles. Il se frotta contre ma jambe, et s'engagea dans un couloir couvert sur toute sa longueur d'un tapis rouge grenat.

J'aurais dû avoir peur, mais quelque chose dans cet endroit me paraissait apaisant. Plus que tout, j'avais envie de découvrir où j'étais, car quelque part au fond de mon esprit, je soupçonnais que ce pouvait être le palais de mes rêves. Une chaleur m'envahit la poitrine tandis que je me précipitai, observant les murs sombres, mes pieds nus martelant le sol de pierre froid. Je passai la main sur les vases noirs et blancs ornés de volutes et de motifs qui n'avaient aucun sens pour moi. Chaque niche était peuplée d'une statue de lion ou d'ours en position d'attaque. Les murs dépourvus de peintures et de photos indiquaient un foyer vide de souvenirs.

Des globes de verre pendaient du plafond au bout d'une chaîne, et des flammes dansaient à l'intérieur. Elles étaient fascinantes, je ne voyais pas comment elles pouvaient brûler.

Tssss !

Je bondis en arrière si vite que j'en eus le tournis. Le petit chat, le dos et la queue hérissés, se dressa sur la pointe des pattes à quelques centimètres de ma jambe. *Tssss...*

– Qu'est-ce que c'est ?

La peur rampa dans mon dos. Je repensai à ce sixième sens que possédaient les animaux. Mais que voyait ce chat ? Je battis en retraite le long du couloir, jusqu'à ce que mon dos heurte quelque chose... ou quelqu'un.

La gorge nouée, un petit cri m'échappa, et je pivotai pour voir vaciller un vase ornementé.

Ma peur s'intensifia, m'enserrant le cœur. Je tendis les bras et stabilisai cette maudite chose plus grande que moi.

– Doux Jésus.

Inutile que ce vase s'écrase. Bien sûr, c'était un rêve, et tout ça... Du moins, je le pensais. Pourtant cet endroit paraissait bien réel. D'habitude, dans mes rêves, je me sentais confuse, mais pas à cet instant : j'avais l'impression nette et précise d'une nouvelle journée. Quoi qu'il en soit, j'avais vu suffisamment de films pour savoir que faire du bruit attirait les méchants.

Tssss !

Derrière moi, je trouvai un chien assis au milieu du couloir, un croisement entre un berger allemand et un doberman, qui m'arrivait à la taille. Il avait un poil soyeux de couleur dorée, et me fixait avec d yeux de chiot qui me firent fondre.

– Hé, mais d'où tu sors ? lui demandai-je d'une voix chantante.

Petite Panthère recula. Je jetai un œil autour de moi, et il n'y avait que la porte par laquelle j'étais entrée. Je m'approchai du chien et tendis la main.

– Où te cachais-tu ?

Une étincelle d'électricité courut le long de mes bras, et l'air autour de l'animal se mit à scintiller. Puis sa fourrure s'évapora dans l'air, s'évanouit complètement, laissant derrière elle un pelage brun, des oreilles qui rétrécissaient et s'étiraient en pointe, ainsi qu'une longue et fine queue qui battait derrière lui, avec une massue barbelée au bout.

J'en restai bouche bée.

Je ne parvenais plus à respirer, incapable de comprendre ce dont je venais d'être témoin. Mes pieds repartirent en arrière. Il fallait que je m'en aille. Mon cœur martelait ma poitrine. Quelque part derrière moi, le chat siffla de nouveau. Il était plus malin que moi. Ce n'était pas un gentil chien, mais un maudit cerbère de l'enfer.

Il aplatit les oreilles et retroussa ses babines sur deux rangées de dents.

Un gémissement m'échappa.

On dit qu'il ne faut pas courir devant un chien. On dit qu'ils sentent la peur.

Au diable les *on-dit*. J'étais sur le point de mourir, alors je me catapultai à l'écart de la bête en poussant un cri. Des pas lourds martelèrent le tapis derrière moi. Une respiration lourde, un grondement qui me promettait la mort.

Je hurlai en détalant. Cela semblait bien trop réel pour être un rêve... Bon sang, j'allais mourir ici et ne plus jamais me réveiller. J'avais entendu ça quelque part : si on mourait dans son rêve, on était fichu.

J'entendis un sifflement près de mon oreille, et une forme noire et floue surgit devant moi. Panthère avait maintenant des ailes noires de chauve-souris, et elle filait droit devant en les battant furieusement.

Attendez ! Des ailes de chat ?

Pour l'instant, rien n'avait de sens, à part courir pour sauver ma vie, sachant que si ce mâtin m'attrapait, il ferait de moi de la pâtée pour chiens.

J'entendais des grognements rauques tout près de moi, et j'en eus la chair de poule.

Paniquée, je me précipitai vers l'angle du couloir, cherchant désespérément une issue.

Il y avait plusieurs portes devant moi, et tous mes muscles se contractèrent.

Soudain mon pyjama fut saisi et mon pantalon descendit.

Je criai, luttant pour garder mon vêtement.

– Je jure devant Dieu que si tu me manges, je te hanterai pour l'éternité.

Panthère siffla après le maudit chien, et j'empoignai l'arme la plus proche : une statue dorée représentant un rongeur et qui pesait une tonne, bien qu'elle ne soit pas plus grosse que ma tête. Je hurlai après le bâtard.

Ses yeux noirs me transpercèrent l'âme. Il bondit pour esquiver la statue qui lui arrivait en pleine tête, et gronda. Le rongeur heurta le sol et se brisa en deux.

Je me jetai sur la porte la plus proche, agitai la poignée et tombai à travers. Le chat chauve-souris se faufila à l'intérieur juste avant que je la referme en claquant.

Je tirai d'une main sur mon pantalon, l'autre plaquée sur la porte, mon cœur battant la chamade.

Boum.

La porte fut secouée, ses gonds gémirent. Je tressaillis, mais restai sur place, plaquai une épaule contre la porte pour la retenir, terrifiée à l'idée que le chien parvienne à ronger la porte pour entrer. Et d'abord, quel genre de chien avait deux rangées de dents ?

Tremblant comme une feuille, je tâtai l'arrière de mon pantalon, où je sentis un trou béant. Cette saleté aurait pu m'arracher la jambe. J'avais déjà du mal à réaliser ce qu'était ce chien, alors quant à savoir ce que je faisais dans ce bâtiment étrange…

Miaou.

Le chat chauve-souris voleta jusqu'au sol, replia ses petites ailes noires et les plaqua contre son corps, où elles se fondirent dans sa fourrure.

– Qu'es-tu au juste ?

Je m'accroupis et lui grattai la tête, puis glissai la main le long de son dos cambré ; je passai les doigts sur ses flancs, et les os fins de ses ailes s'ajustaient parfaitement sous sa fourrure. D'accord, elles étaient bien réelles. Elle se frotta contre ma main en ronronnant, puis s'engagea plus loin dans l'immense pièce.

Il y avait plusieurs canapés noirs disposés en forme de U, face à des statues de belles femmes habillées à la façon de Xena la guerrière, levant des boucliers devant leurs poitrines, gravées sur les côtés et le manteau de la cheminée.

Des tapisseries de lions et de loups engagés dans des batailles recouvraient l'un des murs, tandis qu'une énorme vitrine à papillons était accrochée sur un autre. Des ailes de toutes les couleurs… argentées, mauves, corail, vert pomme, et tant d'autres étaient épinglées sur le tableau blanc. Des papillons ? Impossible. Ils étaient vingt fois trop grands, avec une légère transparence. Quel type d'insecte volant arborait des ailes aussi immenses et magnifiques ?

Un choc sourd contre la porte, puis le chien gratta pour rentrer.

L'adrénaline se ruait dans mes veines. Je traversai d'un pas vif la pièce sans fenêtres vers d'autres portes, loin du chien. La poignée était glacée au toucher, et quand je l'ouvris, j'entendis le chien gronder férocement. Je refermai vite la porte et battis en retraite.

Sauf que je n'étais pas dans une chambre, mais sur une sorte de pont intérieur. Le sol était formé d'un plancher de bois, et le plafond voûté était carrelé couleur perle. Magnifique. Mais je restai bouche bée en voyant l'eau qui chutait en cascade le long d'une paroi rocheuse sur ma droite. Je m'avançai, mais me heurtai à la paroi de verre qui entourait toute cette beauté.

Par-dessus la falaise, le soleil entrait à flots. Y avait-il une issue à cet endroit ? J'étais incapable de grimper en toute sécurité une paroi aussi abrupte, mais peut-être trouverais-je un chemin derrière cette vitre.

En dessous ne régnaient que les ténèbres. Panthère passa devant moi en se frottant le long du mur où des globes de verre reposaient sur de petits piliers. De véritables flammes vacillaient à l'intérieur.

Où étais-je ?

Je franchis à pas rapides le pont de bois qui contournait la cascade, et tombai sur d'autres portes, dont l'une était légèrement entrouverte.

J'entendais des voix indistinctes à l'intérieur, et mon estomac se contracta. Des hommes, de toute évidence. Je m'approchai et pressai une oreille contre le battant pour écouter, tandis que Panthère m'observait.

Je posai un doigt sur ma bouche, priant pour qu'elle se tienne tranquille.

– Si j'ai mon mot à dire, elle ne s'approchera pas de la Cour des Cendres, insista une voix masculine, que je reconnus aussitôt.

La voix qui venait de ma tête, l'homme des bois tortueux qui m'effrayait tant. À présent j'étais incapable de respirer, et j'avais l'impression qu'on m'étranglait.

– Vraiment ? répondit un autre homme, à la voix plus profonde et plus autoritaire. Donc tu proposes qu'on la garde enfermée pour toujours ? En quoi ça nous sera bénéfique ?

Étaient-ils en train de parler de moi ? Et c'était quoi au juste, la Cour des Cendres ?

Panthère s'apprêtait à entrer dans la pièce, et je plongeai sur elle pour la prendre dans mes bras. Le parquet grinça sous mes pas.

Je serrai Bat-chat contre ma poitrine, sans bouger d'un pouce. À l'intérieur, personne ne dit mot durant un long moment.

– Je sais que c'est toi, Guendolyn, cria-t-*il*.

Bon sang !

CHAPITRE 12

Je redressai les épaules et pris mon souffle avant d'entrer dans la pièce, le menton haut. La première règle en matière d'intimidation, c'était d'avoir l'air assuré, même si je me faisais dessus à l'intérieur. Après tout, quelle était la pire chose qui puisse arriver ? Que je me réveille de ce rêve de dingue ?

Panthère ronronnait dans mes bras quand je pénétrai dans la pièce.

Je relevai la tête et vis trois hommes qui m'observaient. Mes pieds cessèrent net de fonctionner, tout comme mon cœur, parce que ces types... Doux Jésus !

Ils étaient beaux... incroyablement beaux. Une peau pâle. Des lèvres rouges. Des yeux qui reflétaient le péché.

J'étais impuissante... et me tenir là en pyjama me

mettait le feu aux joues. Mais leur présence provoquait du désir en moi, alors que j'aurais dû tourner les talons et détaler d'ici, d'après mon souvenir des paroles de l'homme sexy dans les bois tortueux.

Mon regard s'attarda sur lui, avec ses cheveux noirs drapés sur ses épaules. Sa présence me déclenchait des frissons.

Quand il sourit, son regard ambré s'illumina. Il y avait je ne sais quoi chez lui qui me faisait me pâmer ; je restai là à le regarder, essayant de définir ce qui le rendait aussi parfait.

Ces trois-là ne ressemblaient à personne que j'avais croisé dans ma vie. Le grand type m'observait avec un sourire en coin, comme si je n'étais pas tout à fait ce à quoi il s'était attendu. Il avait des cheveux blancs qui lui descendaient aux épaules et lui donnaient une allure étrange que je ne saisissais pas bien.

L'étranger sur le canapé portait ses cheveux blancs relevés en une queue de cheval lâche. Sa chemise béait sur son cou éclaboussé de sang. J'aurais dû avoir peur, bien consciente d'à quel point les hommes pouvaient se montrer cruels.

– Où-où s-suis-je ? balbutiai-je.

Apparemment, je n'étais pas très à l'aise avec les garçons même dans mes rêves. Être nulle là-dessus était ma spécialité.

– Tu es à la maison, petite louve. Enfin, pas tout à fait, mais tout près.

Il se mordit la lèvre inférieure comme s'il était nerveux, et mon cœur se serra.

Il s'avança vers moi, vêtu d'une grande robe sans manches vert foncé sur une chemise, le tout lié ensemble par une large ceinture de cuir autour de sa taille, et d'un pantalon noir. Un sourire s'étirait déjà sur son visage ; il me faisait penser à Robin des bois. Quand il tendit la main pour gratter la tête du chat, mon regard se promena le long de ses avant-bras musclés, des muscles tendus capables de me dominer. Tout en lui me semblait dangereux... Pourtant je n'arrêtais pas de à tout ce que nous nous étions dit quand il n'était qu'une voix dans ma tête. Toutes ces promesses qu'il m'avait faites.

– Tu te plairas ici.

Sa voix... me faisait fondre. C'était une des qualités de celui qui m'avait réconfortée après que Noah avait tenté de me violer, celui qui était présent quand je me sentais si seule au monde. Mais quelque chose chez cet étranger aux cheveux noirs me déclenchait des angoisses, et un nœud épais se forma dans ma gorge.

Panthère sauta de mes bras, ouvrit ses ailes un instant et atterrit sur son épaule où elle resta assise comme un perroquet. D'une secousse, elle rentra ses ailes et frotta sa tête contre celle du type.

– Je vois que tu as fait la connaissance de Vipère.

– Je n'avais jamais vu de chat volant avant, mais joli nom. (Vipère, c'était bien le genre de nom que j'imaginais qu'un gars donne à son chat.) C'est mieux que Cujo dans le couloir.

J'étouffai un ricanement et le regrettai immédiatement, les joues en feu. *Bien joué, Guen.*

– Cujo ?

Il haussa un sourcil.

– Le chien venu de l'enfer dans ce film, celui qui attaque tout le monde ?

– Je crois qu'elle parle de M. Très-Loup, murmura le type sur le canapé.

Il avait une voix si grave qu'elle me transperça le cœur.

– Joli nom pour un cerbère qui a failli manger mon pantalon, lâchai-je, ne récoltant aucune réaction à part un sourire effronté de Regard d'Ambre qui grattouillait le chat sur son épaule.

Silence.

Je sentais leurs regards sur moi, des yeux affamés qui rampaient sur mon pyjama orné de lunes, me couvrant de picotements électriques. Ce grand type qui était bien plus que beau, pourquoi portait-il une cape ? Tout chez ces trois-là me disait de fuir, mais à la place, mon esprit envisageait d'autres possibilités. Des choses dingues comme flirter et découvrir qui ils étaient, parce que tout était possible dans les rêves.

– Alors, commençai-je, coupant court au malaise dans la pièce. (C'est ce moment que choisit ma voix pour se briser.) Quelqu'un va-t-il me dire ce qui se passe ? Comment je suis arrivée ici ?

La faim brûlait dans les yeux bleu glacier du plus grand ; je baissai les miens. Je devais me méfier de lui, je le sentais au fond de moi.

– Oui, Luther, se moqua l'étranger du canapé avec un adorable sourire diabolique. Tu vas lui dire ? La journée promet d'être plus amusante que je ne le pensais.

Luther ? Je dévisageai l'homme devant moi, cette voix à laquelle je parlais depuis des années. Chaque jour je l'avais attendu, même s'il m'agaçait. Je m'étais habituée à l'avoir là en moi. Mais à présent que je me tenais devant lui, je ne cessais de perdre le fil de mes pensées.

Je répétai son nom en boucle dans mon esprit, j'aimais sa sonorité. Luther. Sombre et sexy.

– Pourquoi tu ne m'as pas dit ton nom avant quand… ?

Sa main s'empara de la mienne, un contact chaleureux, mais ferme, et il m'entraîna précipitamment à travers la pièce. Vipère s'envola dans la direction opposée, tandis que je trébuchais derrière lui.

– Viens, tu dois mourir de faim.

Nous gagnâmes à pas vifs une porte à l'autre bout de la pièce, les deux autres nous observant avec curiosité.

– Je n'ai pas faim, commençai-je, préférant faire connaissance avec chacun, mais quand Luther ouvrit l'immense porte en acajou, un arôme de gâteau fit gargouiller mon estomac.

– D'accord, peut-être un morceau. Je suis curieuse de savoir quels goûts ont les plats ici.

Il me jeta un regard étrange.

– Tu te méfies ?

– Je devrais ?

Il me guida jusqu'à une table ronde pouvant accueillir au moins dix personnes. Des motifs d'animaux étaient sculptés dans les moulures du haut plafond, des vases remplis de fleurs blanches et jaunes garnissaient des étagères, et des statues d'autres animaux décoraient les coins.

– Sympa comme salle à manger, remarquai-je. En général, nous, on mange sur le canapé devant la télé.

– Assieds-toi.

Il referma la porte derrière nous, laissant les autres dehors, et un frisson me saisit le ventre. Pourquoi nous enfermait-il seuls ici ?

Il traversa la pièce jusqu'à une petite porte latérale, et disparut à l'intérieur. Je caressai l'idée de repartir par où j'étais venue. Je ne savais pas en qui je pouvais avoir confiance ici.

À travers les baies vitrées, j'observai l'océan d'arbres, jusqu'aux montagnes enneigées. Le soleil était déjà haut, il devait être autour de midi.

La vue était extraordinaire, et constituait un parfait cliché de carte postale. Où était mon téléphone quand j'en avais besoin ?

Des bruits de pas retentirent, et Luther revint

dans la pièce en portant un bol. Il le déposa devant moi sur la table.

– On te prépare d'autres plats en cuisine.

Le bol était rempli de ragoût, avec de gros morceaux de carottes, de pommes de terre et de viande, à l'arôme puissant et délicieux. Je m'emparai de la cuillère, me laissai tomber sur la chaise et attaquai le plat, quand un homme âgé vêtu de noir et d'un tablier blanc surgit pour m'apporter une assiette de pain fraîchement coupé et de beurre. Il conserva un visage sévère, et je le surpris à m'observer à la dérobée… curieux de savoir qui j'étais.

Je souris, mais il baissa les yeux et repartit en cuisine. Bizarre.

Je n'avais aucune idée de ma faim, mais je pris un morceau de pain, le tartinai de beurre et le mangeai comme si je n'avais rien avalé depuis des jours.

Luther s'assit à une chaise d'écart et s'inclina. Je poussai l'assiette de pain vers lui pour qu'il se serve.

– C'est bon, surtout pour un rêve. Je veux dire, en principe, je peux avaler tout ce que je veux sans grossir, pas vrai ?

Je fourrai une autre cuillerée dans ma bouche.

– Tu crois que c'est un rêve ?

Je levai les yeux sur lui.

– Tout est dans ma tête. Tout comme toi.

– Tu crois que je n'existe que dans ta tête ?

Il croqua un morceau du pain qu'il avait dans la main. Sa question me désarçonna.

– Quand tu dis ça comme ça, je ne sais plus.

Le domestique apporta un plat en argent rempli de tranches de rôti fumant entouré de légumes, ainsi qu'un plateau de fromages variés et de fruits.

Tout sentait divinement bon.

– Merci ! criai-je alors que l'homme s'éclipsait.

– Mange, murmura Luther, me regardant avec curiosité.

– C'est beaucoup. (Mais je ne m'arrêtai pas et remplis mon assiette.) Alors disons que ce n'est pas un rêve comme tu le dis. Pourquoi tu m'as amenée ici ? Qu'est-ce que tu veux ?

Il restait planté là à me regarder manger. Ses lèvres se tordaient chaque fois que j'ouvrais la bouche pour manger un autre morceau. Il s'amusait, appréciait de m'observer.

– Tu profites du spectacle ? lui demandai-je.

– Celui-ci est fascinant.

Toutes ses paroles étaient délibérées, avaient pour but de m'affecter. Exactement comme ce qu'il me disait dans mon esprit. Avant, sa voix suffisait à me couper le souffle, mais à présent, rien que regarder ses lèvres pleines me désarmait, tout comme l'intensité de son regard. Je continuais d'avoir des pensées que je n'aurais pas dû avoir. Comme d'imaginer la sensation de ses lèvres sur les miennes, si jamais quelqu'un comme moi pouvait intéresser quelqu'un comme lui.

– C'est bon ? demanda-t-il, continuant à m'observer.

– C'est délicieux.

Assise aussi près de lui, je ne pouvais m'empêcher de l'admirer, ses traits parfaits, sa mâchoire carrée… Sans le moindre défaut.

– Pourquoi tu ne m'as jamais dit ton prénom quand on parlait ?

– Avec le nom vient le pouvoir, et on ne sait jamais qui est à l'écoute, répondit-il sans ambages.

– Qui écoute nos pensées ? (Je soupirai et piochai de nouveau dans mon plat.) Ben voyons.

Il haussa les sourcils, mais se contenta de manger sa tranche de pain d'un air amusé.

Durant des années, nous avions parlé tous les jours, sa présence avait été ma seule compagnie. Il était toujours là quand les choses tournaient mal. C'était toujours moi qui me confiais, jamais lui, mais il m'avait écoutée… il avait toujours écouté.

Alors à quel point me connaissait-il ? Parce qu'il n'était pas vraiment comme je l'avais imaginé.

– Est-ce que je suis telle que tu t'y attendais ? (Je me sentis idiote de lui poser la question, et reportai mon attention sur mon assiette.) C'est bête. Laisse tomber.

– Pas du tout. Tu es… comme une tempête qui aurait fait irruption dans ma maison, et plus rien ne sera jamais comme avant.

Je le fixai, et renonçai à mettre mon morceau de pain dans ma bouche.

– Wouah, vraiment ? Je suis si horrible que ça ?

– Pourquoi forcément horrible ?

Sa bouche se tendit, mais il resta incliné dans son siège à m'étudier. Je levai les yeux au ciel.

– Oublie ça. Tu réponds à tout par énigmes.

– Ce ne sont pas des énigmes. Tu ne m'écoutes pas.

La bouche pleine, je lui répondis :

– C'est parce que je suis naïve.

Ses lèvres se retroussèrent en un rictus, et c'était tout à fait comme ça que je me l'étais imaginé chaque fois qu'il me faisait ce genre de remarques. Il avait toujours été pétri d'arrogance, mais jamais je ne me serais attendue à avoir face à lui une réaction aussi insatiable. À voir l'alchimie entre nous au fond de ses yeux, une invitation à me rapprocher. Mon cœur se mit à battre plus fort.

– Qui es-tu vraiment, Luther ?

Je mordais dans un morceau de rôti quand le serviteur revint avec des verres dorés décorés, remplis d'un liquide rougeâtre, et une assiette de gâteau violet.

Je souris à l'homme âgé, qui hocha la tête et repartit à la hâte. Je fis descendre la nourriture avec le jus de raisin, le regard fixé sur Luther qui scrutait le moindre de mes mouvements, sans jamais rien rater, même quand je récupérai une miette sur mon haut de pyjama. Il me regardait comme s'il connaissait tous mes désirs, mes souhaits, mes peurs, et j'en restais tremblante. Quand il était dans ma tête, est-ce qu'il ne ressentait que mes mots, ou tout le reste aussi ?

– Dans les Royaumes Errants, je suis le prince des ténèbres, un seigneur, un maître. (Il parlait d'une voix douce, mais le pouvoir transpirait sous ses mots.) Mon frère aîné est l'héritier du trône, tandis que le plus jeune et moi-même resterons princes à ses côtés.

– Le trône ? Qui est ton père, si c'est le roi ? Dans quel pays sommes-nous ?

Je n'étais pas certaine que mon esprit soit assez affûté pour inventer ce genre de choses.

– Tu sembles toujours penser qu'il s'agit d'un rêve.

Je lui adressai un sourire en coin.

– Eh bien, ce n'en est pas un ?

– Tu parierais ta vie là-dessus ?

Il pinça les lèvres. Il se releva, et je fis de même, le cœur battant.

– Ne t'en va pas. Dis-m'en plus. Qu'est-ce que la Cour des Cendres ?

Il m'avait fait patienter alors que j'avais tant de questions à poser.

Il plissa les yeux, et sa respiration se fit plus rapide.

– L'espionnage est un crime puni de mort dans la Cour des Ombres.

J'étudiai son beau visage, attendant qu'il se mette à sourire, à rire, qu'il fasse quelque chose m'indiquant qu'il plaisantait. Sauf que son regard s'assombrit.

– Qu'est-ce que tu as entendu ? voulut-il savoir.

– R-rien que ça, croassai-je en m'éclaircissant la gorge.

Nous étions debout face à face, sans dire un mot. J'avais la bouche desséchée et me torturai le cerveau pour savoir quoi dire. Qu'est-ce qu'il n'aurait pas voulu que j'entende ? Qu'ils allaient me garder enfermée pour toujours ?

– Viens, dit-il. Tu vas te laver, et ensuite je te présenterai officiellement à mes frères.

– Je suis bien comme je suis.

Il ne m'entendit pas, car il traversa la cuisine au pas de course, tel un taureau qui charge.

– Hé, j'ai dit *non !* criai-je, campant sur mes positions.

Il s'arrêta et me regarda par-dessus son épaule, fronçant les sourcils.

– Tu sembles avoir oublié où est ta place.

Je serrai les dents. C'était un homme habitué à obtenir ce qu'il voulait, à ce qu'on exécute ses ordres. J'en avais conscience… je l'avais entendu au son de sa voix tellement de fois, mais je gardai la tête haute, sans cacher que je le défiais.

– Je ne t'appartiens pas.

Il se lécha les lèvres et le feu s'embrasa dans ses yeux.

– Tu m'as toujours appartenu, petite louve. Seulement tu l'ignorais.

CHAPITRE 13

— *N*e me touchez pas ! criai-je en tapant sur les mains des servantes.

Deux femmes, plus âgées que moi, tiraient sur mon pantalon et mon haut de pyjama. C'était déjà pénible qu'elles m'aient traînée à travers la cuisine et le long d'un couloir jusqu'à une autre pièce ; à présent elles voulaient que je prenne un bain ? Elles portaient toutes deux une robe noire de style médiéval qui leur descendait aux pieds, avec des manches courtes évasées et une taille élastique.

Luther profitait du spectacle en souriant, une épaule appuyée sur le chambranle de la porte. Avait-il l'intention de les regarder me déshabiller ?

– Je n'entre pas là-dedans. Je garde mon pyjama.

Je m'arrachai de leurs mains et observai la baignoire en métal, aux pieds griffus dorés, remplie d'eau. À la maison, j'aurais sauté sur l'occasion, comme nous n'avions qu'une douche, mais je ne donnais pas dans le bain communautaire. Ça me rendait malade.

– Maîtresse, vous avez besoin d'un bain et de vêtements corrects. Pas ces... (La rousse agita la main en direction de mon pyjama, fronçant le nez.) Ces vêtements ne sont pas dignes du regard du prince. Ils seront brûlés.

– Non ! couinai-je. C'est Jen qui me l'a offert. N'essayez même pas.

Je reculai, serrant mes bras sur mon ventre. Jen me l'avait offert à mon dernier anniversaire, prétextant que j'aurais l'air mignonne en pyjama orné de lunes souriantes. Je n'étais pas d'accord, mais je n'avais jamais eu le cœur de le lui dire, et je le portais quand même.

La brunette aux boucles souples plongea sur ma gauche. Je filai dans la direction opposée, contournant une chaise, le regard sur la porte. Je renverserais Luther s'il ne s'écartait pas du chemin.

Je me jetai vers lui, mais il m'attrapa au passage et me fit décoller rudement du sol, puis me berça comme si j'étais une enfant dans ses bras costauds.

L'impact soudain me coupa le souffle, d'être aussi proche de lui, de sentir la dureté de ses muscles, mais cela ne m'empêcha pas de lui balancer mon poing dans le torse.

– Pose-moi par terre. Je suis sérieuse.

Pas un mot. Il me porta à travers la pièce et me jeta direct dans la baignoire, vêtements compris.

L'eau tiède m'engloutit. J'éclaboussai en me redres-
sant, projetant de l'eau partout. Je m'essuyai les yeux,
bouillant de colère.

– Pour qui tu te prends ? hurlai-je.

Luther baissa les yeux sur moi, les darda sur ma
poitrine. Mes tétons pointaient sous le haut trempé
de mon pyjama ; je croisai les bras pour me couvrir.

– Ceci est ma maison, ce qui signifie que tu suis
mes règles.

Il se détourna de moi et sortit de la salle de bains,
ses bottes frappant le sol carrelé jusqu'à ce qu'il
referme la porte derrière lui dans un bruit sourd.

– Abruti.

J'agrippai le rebord de la baignoire.

Dans la seconde, les servantes furent sur moi,
saisirent les manches trempées de mon haut, le
tirèrent par-dessus ma tête.

– Hé ! Ne prenez pas mon pyjama.

L'une d'elles me savonna brutalement les cheveux,
sûrement pour me punir de ne pas lui avoir obéi.
L'eau me trempait la figure, entrait dans mon nez et
ma bouche.

– Vous êtes une fille sois très courageuse, soit
vraiment stupide, murmura la rousse.

– Qu'est-ce qui vous fait dire ça ?

Grimaçant sous leur rudesse, je cherchai mon
haut hors de la baignoire.

– Vous avez levé la main sur le prince. C'est puni
de mort immédiate.

Des ombres dansaient sur son visage à cause des globes de lumière, mais c'était la peur qui déformait ses traits.

– Y a-t-il quelque chose que l'on puisse faire ici sans encourir une *mort immédiate?*

La brunette sourit, ses yeux pétillèrent à mon commentaire.

La rousse eut un haut-le-cœur en voyant mon pantalon.

– Ôtez-le, aboya-t-elle avec un regard féroce, tirant déjà sur le tissu.

Je le fis glisser sur mes hanches et le long de mes jambes et m'en débarrassai. Assise nue dans l'eau, je remontai mes genoux contre ma poitrine, me sentant vulnérable, honteuse. La servante contempla mon corps nu avec un sourire satisfait. J'avais les hanches trop larges, les seins pas assez pulpeux, et je n'avais pas de taille. Je repoussai leurs mains.

– Laissez-moi me laver seule. Je peux le faire. Mais ne détruisez pas mes vêtements, les suppliai-je, évitant leurs regards dédaigneux.

– Très bien, souffla la rousse. Je vais les faire laver.

Laissant tomber le savon dans la baignoire, elle sortit de la pièce d'un pas lourd, malgré un léger boitement. Quand la porte se referma, je levai les yeux sur la brune.

– Elle a une langue de vipère, mais elle est inoffensive. Elle ne peut pas décevoir les princes. Aucun d'entre nous ne le peut.

Elle n'avait pas besoin d'en dire plus...

La servante s'assit sur le bord de la baignoire pour plier des serviettes, et d'une certaine manière, elle me fit penser à Jen. Elle avait l'air facile à vivre, de nature attentionnée, même si ce n'était pas la personne la plus délicate au monde.

– Donc, c'est vraiment un prince ? Ou...

– Absolument, maîtresse.

– Inutile de m'appeler comme ça. Ça me donne l'impression d'avoir une aventure.

Je retrouvai le savon dans l'eau et le fit rouler entre mes mains jusqu'à ce que la mousse en déborde.

– Et ses frères, l'un d'eux va être roi ?

Elle acquiesça.

– Méfiez-vous surtout de lui.

La peur me saisit le ventre. Les yeux de glace de l'héritier royal exsudaient une faim sauvage, et mon instinct me hurlait de ne pas lui faire confiance.

Ses joues pâlirent et elle hoqueta, paniquée.

– Pardonnez-moi. Jamais je n'aurais dû dire ça.

Son regard dévia vers la porte avant de revenir vers moi ; la panique transparaissait dans sa posture et ses mains qui agrippaient la serviette. Qu'est-ce que les princes avaient bien pu lui faire pour l'effrayer à ce point ?

Je posai une main mouillée sur les siennes.

– Ce n'est rien. Je ne dirais rien. Je vous le promets.

En vérité, plus je passais de temps dans ce monde,

plus je me demandais si c'était vraiment un rêve. Et en même temps me venait une monstrueuse terreur. De tels endroits n'existaient pas, mais toute ma vie, j'avais vu le royaume dans mes rêves. Et même une fois au fond d'une ruelle. Il avait l'air aussi réel que les immeubles chez moi. Ces derniers temps, je n'étais pas sûre de grand-chose, pas même de ma propre identité.

– Est-ce que vous savez qui je suis ? murmurai-je, me renfonçant dans l'eau pour me savonner.

Elle me dévisagea, sourcils froncés.

– Je devrais ? Vous n'êtes qu'une autre de ces femmes que les princes ramènent dans leur palais. Ce n'est pas à nous de nous interroger sur ce genre de choses.

Je rinçai le savon sur mes bras, sans savoir quoi faire de sa réponse. Donc, ils amenaient régulièrement d'autres femmes ici… Je n'étais pas idiote, je savais ce qu'elle insinuait, mais ses mots me firent mal, mon sang se figea à l'idée que Luther en ait fait venir d'autres que moi.

La rousse revint dans la pièce, faisant diversion. Elle avait un tissu violet foncé drapé sur le bras, semblable à du satin et de la toile d'araignée. Elle fixa ses yeux globuleux sur moi.

– Vous n'êtes pas encore prête ? lança-t-elle.

– Laisse-lui quelques instants, Lys. Ce n'est qu'une enfant.

La brune parlait presque comme si elle avait pitié

de moi, comme si elle connaissait déjà mon destin. Je n'allais pas être sacrifiée… si ?

Je frottai le savon sur mes jambes avant que la femme aux cheveux roux et aux yeux rouges ne me moleste à nouveau. Hors de la baignoire, je me séchai sous leur regard, puis elles m'enfouirent sous la robe.

Je levai les bras en l'air, et la serviette tomba au sol. Les femmes poussèrent et tirèrent, passèrent la tenue par-dessus ma tête, la firent descendre le long de mon corps. Le satin doux caressa ma peau ; la robe était serrée sur ma poitrine, et la jupe était faite de plusieurs couches qui me tombaient aux pieds. De larges manches longues en dentelle allaient de l'épaule jusqu'aux jointures de mes doigts.

Prendre une grande respiration demandait des efforts.

– Je crois qu'elle est trop petite. Il me faudrait la taille au-dessus.

Je passai une main sur ma poitrine comprimée par la robe ; le haut de mes seins dépassait comme deux parfaites demi-sphères. Le bon côté de la chose, c'est que cela donnait l'impression qu'ils étaient plus gros qu'en réalité, et c'était le genre de bonus qui me convenait. Je remuai le tissu autour de ma taille, mais la femme rousse me donna une tape sur la main.

– Vous voulez abîmer la robe ?

– Elle est trop serrée. Il faut que je respire.

La robe d'un violet profond scintillait comme un ciel nocturne. Pour la première fois de ma vie, j'avais une taille fine. Peut-être que ça valait le coup de sacrifier en partie ma capacité respiratoire pour ressembler à Barbie.

– Assise, m'ordonna la femme autoritaire, et je fis ce qu'elle me demandait.

Le tissu tendu me rentrait dans les chairs, il m'était quasi impossible de me pencher. Elles me coiffèrent les cheveux tandis que je grimaçai et serrai les dents, convaincue qu'il ne m'en resterait plus un seul quand elles en auraient fini. La brune vint devant moi et plaça un bandeau doré autour de ma tête, le posant haut sur mon front. Du bout des doigts, je palpai la fine bande faite d'une multitude de petites étoiles jointes.

Puis elle me pinça les joues très fort.

– Aïe ! (Je m'écartai brusquement.) Qu'est-ce que vous faites ? (Mon visage était encore douloureux de son attaque.) Pourquoi vous avez fait ça ?

– Pour ajouter de la couleur à votre visage, jeune fille.

Elle leva les yeux au ciel, comme si c'était une pratique courante.

– C'est pour ça qu'on a inventé le blush.

Bon sang, mes joues me faisaient un mal de chien.

La femme rousse s'agenouilla devant moi, et me passa aux pieds des chaussures noires, plates et pointues, un peu trop serrées aux orteils. Elle secoua la tête.

– Vous dites des choses étranges. Maintenant debout. On doit y aller.

Une fois debout, elle me prit la main et m'entraîna dans le couloir, me tirant en hâte.

Des murs de pierre sombre, des globes de feu, et des tapis. Aucune peinture pour décorer le couloir. Il n'y avait même pas de statues dans cette partie du château.

À chaque pas, la robe se fendait en deux de la cheville jusqu'à mi-cuisse, sur chaque jambe, laissant apparaître beaucoup trop de peau.

– Attendez, je ne suis pas prête, insistai-je, luttant contre elle, m'efforçant d'y voir clair dans l'obscurité où elle m'entraînait.

– Vous êtes plus que prête, marmonna-t-elle en me tirant avec une force impressionnante.

Nous dépassâmes tant de portes dans ce palais que si j'avais tenté de retourner dans la chambre, je n'y serais pas parvenue.

Je trébuchai derrière elle dans notre course folle, sans même un miroir pour voir de quoi j'avais l'air ; mais j'avais un plus gros problème.

– Stop. Je ne suis pas prête, répétai-je.

Nous nous arrêtâmes devant une porte et la femme me fit face, un rictus lui déformant les lèvres.

– Vous n'allez pas faire long feu, aucune ne reste bien longtemps, alors contentez-vous de suivre les règles et d'en finir avec ça. Ne dites jamais *non* aux princes. Ne répondez jamais. Ne les insultez jamais.

Je me figeai, ébranlée par ses instructions.

– Je ne peux pas dire *non* à quoi que ce soit ?

– Personne ne leur dit *non*. Vous comprenez ?

Sa voix se fit dure.

L'idée qu'ils aient un tel pouvoir sur moi me terrifiait.

Elle me jeta un regard noir avant d'ouvrir la porte. Je cillai devant l'éclairage puissant de la pièce.

– Souriez, et faites ce qu'ils disent, murmura-t-elle en me poussant dans le dos.

J'entrai dans la pièce en trébuchant, les jambes flageolantes. Elle claqua la porte, m'enfermant seule dans la pièce. Je me précipitai sur la poignée, tentant d'ouvrir la porte, mais elle était verrouillée.

– Ouais, merci pour tout, grommelai-je.

Une légère brise souffla dans mes cheveux mouillés, le long de mes bras, et fit voleter les épaisseurs de tissu de ma jupe ; c'était comme la caresse de doigts tendres sur mes cuisses.

Je promenai mon regard dans la pièce étroite meublée d'une longue table en bois et d'une dizaine de chaises en cerisier massif.

Sur le manteau de la cheminée était gravée une scène de bataille entre des ours. Les flammes craquaient et crachaient des étincelles, projetant de longues ombres sur le tapis tissé aux motifs complexes. Des tapisseries ornaient les murs, toutes représentant des paysages : des hommes à cheval chassant dans les bois ; des châteaux luisant au clair de lune. Je m'avançai devant une image… un pont suspendu entre deux montagnes. Tout comme celui de mes rêves. J'avais toujours pensé que le royaume devait être un endroit particulier. Sinon pourquoi devrait-on gravir une montagne et traverser un pont aussi long pour s'y rendre ?

À l'autre bout de la pièce, des doubles portes s'ouvrirent soudain et le soleil entra à flots. Je tressaillis, et mon cœur se mit à cogner dans ma poitrine.

Luther se tenait là, l'air totalement surpris. Intrigué. Un sourire rampa sur son visage, et l'air sembla s'épaissir dans la pièce.

La chaleur me monta aux joues. Si j'avais eu la moindre intention d'exiger la vérité et d'insister jusqu'à ce que les princes cèdent, elle s'évanouit.

Je vis le regard de Luther s'aiguiser de cette faim brute que j'avais vue chez ses frères un peu plus tôt. C'était le genre de regard que je m'attendrais à voir chez un prédateur en chasse.

Il s'avança vers moi, grand, et magnifique. L'espace d'un instant, le temps qu'il franchisse les quelques mètres qui nous séparaient, il me captiva totalement. Ce pouvoir qu'il dégageait. La largeur de ses épaules. L'intensité de son regard qui parcourait mon corps, ses lèvres qui se retroussaient en un sourire diabolique.

Il y avait quelque chose en lui qui m'attirait, comme si nous étions liés par un fil invisible qui nous rapprochait l'un de l'autre.

– Tu es spectaculaire.

Il se pencha et son souffle frôla ma joue, me faisant frémir.

Il avait un parfum masculin musqué, et mon cœur battait si fort que j'en sentais le martèlement dans mes oreilles.

– Le tissu de ta robe est léger comme une plume, il suit la moindre de tes courbes délicieuses. Avec cette allure…

Il trembla, ses mains sur mes bras resserrèrent leur prise, mais il n'acheva jamais sa phrase. Il se retenait, mais pourquoi ?

– Qu'est-ce qui ne va pas ? murmurai-je.

Il plissa les yeux, le regard intense, comme si ce qu'il avait en tête le submergeait, le consumait.

– Qu'est-ce que tu veux entendre ? Que je n'arrive pas à te sortir de mes pensées ? Que j'ai envie de te plaquer là contre le mur, jambes écartées ?

J'aurais dû être envahie par la peur, mais j'étais plutôt excitée. À ces quelques mots, un chatouillement me caressa l'intérieur des cuisses, et je m'imaginai sous lui, le suppliant de me montrer comment oublier le monde. Je mourais d'envie de le toucher, de le voir en entier. Jamais je n'avais ressenti ça, pas aussi intensément. Jamais un type ne m'avait parlé d'une façon telle que j'en reste paralysée, incapable de répondre.

– Tu n'es pas prête pour moi. Je le vois à présent.

Il prit ma main et m'entraîna sur le balcon. Notre

connexion était électrique, j'en avais le souffle coupé, j'étais incapable de penser à autre chose qu'à ses doigts sur moi.

Mais ses mots me blessaient. Il pensait que je n'étais pas prête pour lui ? Que j'étais trop jeune, trop naïve, trop… trop quoi ?

Sauf que je le laissais m'atteindre, lui permettait de jouer avec mon esprit.

Déglutissant avec peine, je le suivis sur le balcon, un large rebord carrelé de rouge, avec une rambarde métallique noire en forme de roses et de tiges épineuses.

Un océan de vert, de bleus et de blancs composait le paysage forestier au-delà.

– Wouah, la vue d'ici est incroyable.

– C'est la meilleure vue de tout le royaume.

Je lui jetai un coup d'œil, le cœur battant toujours la chamade ; j'avais des picotements dans tout le corps.

– Viens. Assieds-toi.

Derrière lui, ses deux frères étaient affalés dans de grands fauteuils dorés. Ils avaient des yeux hypnotiques. Les lèvres entrouvertes. Des cheveux blancs qui brillaient au soleil.

Je sentis un souffle et quelque chose pousser sur ma hanche. Je ne vis personne en me retournant, puis baissai les yeux et croisai des iris noirs. Des oreilles pointues, une fourrure brune courte et sa queue pointue immobile. Le chien de l'enfer !

Mon estomac se serra, et j'eus l'impression d'avoir avalé une brique. Mon instinct prit le dessus. Je reculai contre Luther, m'agrippai à lui, empoignai sa chemise et me précipitai derrière lui. Ce ne fut pas mon moment le plus glorieux, mais je ne voulais pas que cette bête me réduise en miettes.

Les deux princes éclatèrent de rire. Ouais, ils m'auraient regardée me faire dévorer sans lever le petit doigt pour me venir en aide, et je les détestais de savourer ce moment.

– Il ne te fera aucun mal, insista Luther. (Je ne le croyais pas.) M. Très-Loup ne ferait pas de mal à une fée, roucoula-t-il avant de tendre la main pour gratter la tête du chien.

– C'est censé me rassurer ? murmurai-je, avant de me rappeler l'avertissement de la servante sur la manière de faire avec les princes.

Mais je n'en avais cure, alors que mon cœur battait si fort qu'il menaçait de sortir de ma cage thoracique.

Le prince espiègle aux cheveux en queue de cheval s'affala encore plus dans son fauteuil qui évoquait un trône, tout en m'observant.

– C'est vrai, renchérit-il. C'est pourquoi il est notre animal domestique maintenant. Il fuit ce qu'il est censé chasser. C'est Luther qui lui a trouvé ce nom enfantin, mais à présent cet animal ne répond à aucun autre. C'est comme s'il aimait se moquer de nous à chaque fois qu'on l'appelle.

Le chien me fixait intensément, et pas avec les yeux de l'amour. Il me voyait plutôt comme son déjeuner.

Luther avait la main sur la mienne.

– Tu es en sécurité. Je t'en donne ma parole.

Je détestais qu'ils me voient vulnérable et effrayée.

– Assieds-toi, ordonna le grand prince à voix basse, indiquant le tabouret devant eux.

Je haussai un sourcil, mais Luther me poussa doucement dans le dos, et je gagnai le siège qui m'était attribué, mâchoire crispée.

Vêtue de ma robe parfaite, je me tassai sur le petit tabouret en bois à trois pieds, les genoux serrés et soulevés à cause du siège bas. Agrippant ma robe, je ne cessai de remuer, agacée de n'avoir pas eu une belle chaise. Avec ma chance habituelle, ce truc allait se briser sous moi, et je m'étalerais dans toute ma gloire.

M. Très-Loup s'avança vers moi et s'assit à moins de trente centimètres, me scrutant comme s'il allait me sauter dessus à la moindre occasion et m'arracher la tête. Je serrai le tissu plus fort de mes mains trem-blantes.

Ignorant la sueur qui me coulait dans le dos et le cerbère qui sentait sûrement ma peur et se léchait les babines, je levai les yeux vers les trois princes sur leurs sièges royaux.

– Pourquoi je n'ai pas droit à une chaise correcte ?

m'écriai-je, refusant d'avoir la tête au niveau de celle de Cujo.

– À ton avis, pourquoi ? s'enquit Luther d'un ton sérieux.

– Pour que vous puissiez vous sentir supérieurs, lui répondis-je avec un rictus.

Le prince à la queue de cheval éclata de rire.

– Elle a du cran. Gardons-la.

Luther arborait une expression sinistre.

– Je vais lui chercher une autre chaise.

Il soupira, se leva et quitta le balcon.

Je me tournai pour admirer le paysage, ignorant toujours où j'étais, et je tentai de me réconforter à propos de toutes ces stupidités, ces jeux que je devais supporter. Un test d'obéissance ? Essayaient-ils de voir si j'allais rester assise là comme une idiote, ou me révolter ?

Quelques instants plus tard, il revint avec une chaise sur laquelle je m'installai, croisant les jambes, face à eux trois. Maintenant, je me sentais moins comme une plouc, plutôt comme quelqu'un qui passait un entretien.

– Guendolyn, je te présente mes deux frères, commença Luther.

Mon esprit palpita au nom qu'il m'avait donné, comme s'il en savait plus sur moi que moi-même.

Il jeta un œil à l'homme le plus grand.

– Ahren Lorcayn, l'aîné, héritier de la Cour des Ombres. À côté de lui, Deimos Lorcayn, mon plus jeune frère, et troisième prince dans l'ordre de succession au trône.

Ils me regardaient tous comme s'ils s'attendaient à ce que je me présente.

– Je suis Guen.

– C'est Guendolyn, corrigea Luther avec un sourire narquois qui me fit froncer les sourcils.

– Non, c'est Guen.

Mon ton monta plus que je ne l'aurais voulu, et Cujo se mit à grogner sourdement.

« *Ne répondez jamais* », avait dit la servante.

— *Guendolyn*, m'avertit Luther.

– Le truc, c'est que… (Ahren se pencha en avant, ses yeux verts envahirent mon espace personnel et me transpercèrent.) Tout le monde ici sait qui tu es, que ton nom est Guendolyn, et ce que tu représentes… Tout le monde sauf toi.

D'un coup, je ne me sentis plus d'humeur à les défier. Qu'ils parlent comme s'ils me connaissaient, de choses qu'ils me cachaient, me laissait une impression de vide, comme si on m'avait volé tout ce que je possédais pendant que j'avais le dos tourné.

– Je sais que tu rêves de notre terre. Et qu'elle te possède au point de peindre ce que tu vois, déclara Ahren.

– Qu'est-ce que tu sais ? murmurai-je, terrifiée par ces secrets qu'ils me cachaient.

– Que du sang de faë coule dans tes veines, que Guendolyn est un nom qui est sur toutes les lèvres du royaume, que tu es la fille perdue qui a été arrachée à notre monde.

Je cillai à plusieurs reprises en regardant Ahren, attendant que mon cerveau comprenne, que les rouages tournent et donnent un sens à ce que je venais d'entendre. Ma respiration s'accéléra tandis qu'eux trois me regardaient comme si Ahren disait la vérité. Une faë ? Vraiment ? Enlevée à leur monde ?

Bon, j'avais fini par craquer. Mon cerveau avait vrillé, et j'avais regardé beaucoup trop de films de fantasy.

Un rire nerveux m'échappa.

– Eh bien, si j'étais une faë, il m'aurait poussé des ailes depuis longtemps, j'aurais les oreilles pointues, j'aurais... Je ne sais pas, elles font quoi d'autre, les faë ?

Il n'y avait pas la moindre faille dans leur attitude austère, et c'était irréel de parler avec sérieux de telles choses en compagnie de trois hommes qui auraient eu leur place sur des couvertures de magazines, et qui me laissaient pantoise.

– Seules les fées ont des ailes, ricana Deimos, comme si j'étais censée le savoir. Et tu n'as absolument pas envie de t'approcher d'elles. Maintenant, concernant les oreilles pointues (il haussa les épaules), certaines faë en ont, d'autres non. C'est plutôt une caractéristique familiale.

Je restai bouche bée, ne sachant pas trop comment prendre sa réponse. Luther avait laissé entendre plus tôt que ce n'était pas un rêve, mais s'il avait dit la vérité, alors quoi ? D'une façon ou d'une autre, j'étais entrée dans un monde fantastique de faë, de fées et de rois ?

M. Très-Loup se lécha bruyamment. Ah oui, c'est vrai, il y avait aussi des chiens de l'enfer flippants qui changeaient de forme.

Le serviteur que j'avais vu plus tôt arriva avec un plateau d'argent, tendit à Ahren une boisson dans un verre en cristal incrustée de pierres précieuses, servit ensuite les deux princes, puis moi. J'acceptai et bus deux grandes gorgées, humectant ma gorge sèche.

– Donc, d'après vous, je suis une personne qui a disparu de ce monde.

Je portai le verre à mes lèvres et éclusait le rafraîchissant thé glacé à la menthe. Le serviteur remplit à nouveau mon verre avec un pichet doré.

– Quelque chose de ce genre, opina Luther.

Je remuai sur mon siège. C'étaient peut-être les hommes les plus beaux du monde, mais ils mentaient comme des arracheurs de dents et dissimulaient des secrets. Je le voyais dans leurs regards et leurs réponses concises.

– Si je viens d'ici, où sont mes parents ? m'enquis-je.

Quelque chose traversa le regard d'Ahren, mais disparut aussi vite que c'était venu.

– Nous n'avons pas de nouvelles de tes parents. Nous avons cherché.

Le coin de son œil tressaillit.

Menteur. Espèce de sale menteur.

Je respirais trop vite, et je ne pus retenir mes paroles :

– Si vous n'avez pas l'intention de me dire la vérité, au moins ne vous moquez pas de moi avec des mensonges, rétorquai-je. Parlez honnêtement.

Ne les insultez jamais.

Ahren se hérissa, les narines frémissantes et me darda un regard noir, les yeux plissés.

– Ne me défie pas ! rugit-il, ses mains agrippant les accoudoirs de son fauteuil. À genoux.

La peur m'étrangla, et je regardai Luther pour qu'il me vienne en aide, mais il resta assis avec une étrange expression ; bon sang, il s'amusait comme un fou.

Je savais que la règle était de ne rien dire quand on n'avait rien de gentil à dire, mais ma réponse fusa toute seule :

– Comme je l'ai dit à ton frère, tu n'as pas le droit de me contrôler. Tu te caches derrière ton sourire, mais comme quelqu'un me l'a dit un jour, nous avons tous une part d'ombre. Je préfère qu'on parle sincèrement.

Ne jamais dire non *aux princes.*

Ahren se dressa d'un bond, les traits tordus, déformés ; il s'assombrit sans me quitter du regard. Il s'approcha, et la panique s'empara de moi. Je bondis sur mes pieds, mais il était trop rapide. Sa main s'élança, il me saisit à la gorge et serra.

J'agrippai sa main, tirai sur les doigts qui m'empêchaient de respirer. Et la terreur… une folle terreur s'empara de moi, m'enserrant comme une camisole de force. C'était réel et ce dingue allait me tuer. Les larmes me montèrent aux yeux.

– Petite fille, tu ne cesses de m'asticoter, cracha-t-il. La prochaine fois, tu apprendras à voler du haut de mon balcon.

CHAPITRE 14

U n cri résonna quelque part au loin, derrière les murs de la chambre.

Je frissonnai. Ce bruit horrible se produisait de temps à autre depuis une heure, me submergeant de visions des princes en train de torturer quelqu'un... J'imaginais qu'ensuite ce pourrait être mon tour.

Je faisais les cent pas entre la porte verrouillée et le lit luxueux dans lequel je m'étais réveillée ce matin. Les servantes m'avaient enfermée ici sur l'ordre d'un Ahren furieux, et la terreur sur leurs visages m'indiquait qu'elles craignaient pour leur propre sécurité. Sauf qu'on m'avait avertie et que je n'avais pas écouté. C'était stupide.

Je ne le détestais pas moins. Je les détestais tous, et plus que tout, je priais pour me réveiller de cet horrible cauchemar. J'en avais ma claque de ce monde imaginaire.

Or la douleur inquiétante que je ressentais à l'estomac me disait le contraire. Je secouai la tête, refusant de croire que c'était réel. C'était impossible...

Des images de Noah m'agressant dans sa voiture tournaient en boucle dans mon esprit. Il avait cru pouvoir me prendre comme il le voulait.

Ses doigts qui tiraient sur mon pull.

Ses lèvres collées sur ma bouche.

Arrête, Noah !

Mais il n'avait pas arrêté... ne m'avait pas écoutée.

Je serrai mes bras autour de moi, tentant de repousser ces souvenirs. Des souvenirs qui étaient comme des cicatrices dans mon esprit, profondes et douloureuses, des choses horribles qui me rappelaient à quel point j'étais seule dans ce monde.

J'avais supplié Luther de m'enlever à cette vie... comme il avait promis de le faire, mais le monde dans lequel il m'avait amenée valait-il mieux ?

Pendant longtemps, j'avais rêvé d'un monde imaginaire et je m'étais demandé ce qui se cachait derrière mes rêves... J'avais besoin d'une échappatoire. Mais à présent, je ne pensais qu'à la maison. Je voulais entendre Jen me commander, Oliver raconter des conneries, et Luke jouer la voix de la raison au dîner. L'école ne me manquait pas, surtout après ma dernière rencontre avec Noah. Ces abrutis ne laissaient jamais rien passer. Mon esprit commença à s'enfoncer dans cette spirale de ténèbres, mais je la repoussai et repartis vers la petite fenêtre.

Antonio ne me manquait pas, et je n'avais surtout pas envie de revoir Sabrina.

Je n'étais ici que depuis une journée, mais j'avais l'impression que cela faisait une semaine.

J'étais la fille qui voulait s'intégrer. Être normale. Être acceptée.

J'étais la fille qui avait besoin de comprendre qui elle était. D'où elle venait.

J'étais la fille qui mourrait d'envie de retrouver ses véritables parents.

La fille brisée.

Ahren avait dit qu'ils avaient cherché mes parents. Je ne le croyais pas, mais il avait révélé que j'appartenais bel et bien à ce monde.

Les heures passèrent.

Fatiguée d'arpenter la pièce, je dormis la plus grande partie de la journée. Quelqu'un avait dû venir déposer mon pyjama aux lunes souriantes fraîchement lavé sur mon lit.

Cela faisait longtemps que le soleil avait plongé derrière les montagnes, et un seul globe ardent scintillait dans un coin de la pièce, suspendu au plafond, projetant des ombres alentour. Je regagnai la fenêtre par où s'engouffrait la brise, qui faisait frissonner les rideaux de dentelle et rafraîchissait ma peau.

La fenêtre donnait sur un à-pic de plus de quinze mètres qui plongeait droit dans la forêt ; mon estomac fit un bond. La forêt s'étendait de chaque côté du bâtiment en pierre noire, il n'y avait rien d'autre. Jamais je ne sortirais. Même si je nouais les draps ensemble, jamais je n'arriverais jusqu'en bas. Soudain, l'idée me traversa l'esprit que je mourrais si je restais emprisonnée dans cette chambre.

Tu es blessée ? La voix de Luther me fit sursauter. Je me tournai vers la chambre, m'attendant à le trouver là, les tripes nouées à cette perspective… Mais j'étais seule, et sa voix ne résonnait que dans ma tête.

Est-ce que tu es fâchée ?

Instinctivement, je portai la main à mon cou, là où son frère m'avait étranglée.

– Un peu.

Un peu blessée, ou un peu fâchée ?

– Les deux.

Mon frère a un sacré caractère, mais jamais il ne mettrait ta vie en danger.

– On n'aurait pas dit. Il a menacé de me jeter par-dessus le balcon.

Ma voix monta d'un ton, et ma respiration se fit plus rapide qu'elle n'aurait dû.

Tu t'es montrée très agressive…

Je tressaillis et j'ouvris la bouche devant sa réplique, mais je me tus parce que ce n'était pas comme s'il était face à moi dans la pièce.

– Tu te moques de moi ?

Ici, ce n'est pas comme dans ton royaume, petite louve. Tu peux te faire tuer si tu parles à tort et à travers.

Je pouvais presque sentir de l'inquiétude dans sa

voix, comme s'il craignait que je ne m'attire des ennuis par manque de réflexion.

– Bon, j'en ai marre des secrets. Pourquoi tu ne me dis pas qui je suis et où sont mes parents ?

Le silence retomba. Il avait au moins la décence de ne pas me mentir, contrairement à son frère, mais m'ignorer était-ce vraiment mieux ?

Il y a deux versions à chaque histoire.

– J'ai l'impression que dans les deux, ce sera moi le dindon de la farce.

Qu'est-ce qui te fait croire ça ?

Je haussai les épaules et m'affalai sur le matelas ferme.

– Parce qu'avec mes antécédents, j'ai l'habitude que les choses tournent mal.

J'ai une surprise pour toi.

– Ouais, c'est quoi ?

Tu verras bientôt.

– Bientôt, genre… *ce soir* ?

Il rit d'un ton onctueux qui brisait mes défenses, me rappelant une époque où nous parlions durant des heures à propos de tout et de rien.

Je te manque déjà ?

Je sentais de la malice dans ses paroles, et contrairement aux autres fois, à présent je me représentais son sourire diabolique, ses yeux couleur d'ambre qui s'illuminaient, ses lèvres pleines que j'avais envie de goûter. La chaleur monta très vite en moi, et je m'écroulai sur le dos, étreignant un oreiller.

J'étais une contradiction sur pattes, mais Luther faisait partie de moi depuis très longtemps. Sans lui... je ne savais pas vraiment ce qu'il me restait. La solitude ?

– Je n'ai pas parlé de manque. J'étais juste curieuse au sujet de la surprise.

Je te promets qu'elle vaudra largement ton attente.

– Je vais t'obliger à t'y tenir.

Silence.

– Pourquoi je suis enfermée dans ma chambre ?

Et pourquoi n'était-il pas venu me parler en personne au lieu de parler dans mon esprit ? Les mots dansaient dans ma tête, mais je ne pouvais pas les prononcer à voix haute, toujours partagée entre le fait d'être énervée contre lui et de me demander si c'était un rêve. Ou ne m'étais-je pas tout simplement entichée d'un type que j'avais inventé de toutes pièces ? Cette dernière idée m'inquiétait... me *terrifiait.* Sans parler qu'il avait deux crétins de frères que j'avais autant envie de frapper que d'embrasser. J'étais complètement, totalement brisée.

Pour ta sécurité, au cas où quelqu'un en dehors du palais découvrirait que tu es ici.

J'avais presque trop peur de demander, alors je murmurai :

– Qui veut me faire du mal ?

C'est compliqué. Je te le dirai bientôt, c'est promis. Il faut que tu me fasses confiance.

La confiance, c'était le genre de mot auquel il

poussait des épines et qui griffait quand on s'y attendait le moins.

– C'est drôle, tu sais, commençai-je. Quand je te parle comme ça, j'ai l'impression qu'il n'y a que nous deux au monde, et que je peux tout dire. Bon sang, tu m'as vue quand j'étais au plus bas.

Mais ?

– Mais… Quand je te vois en personne ?

Je grimaçai, cherchant la meilleure manière de le dire ; une partie de moi s'inquiétait de me voir m'engager sur une route dangereuse. Je lui parlais depuis des années, je partageais toutes mes peurs et mes inquiétudes avec lui, mais le connaissais-je vraiment ?

– Je n'ai pas l'impression que c'est toi, soufflai-je.

Tu trouves que je suis une personne différente ?

– Non, ce n'est pas ça. (Je roulai sur le ventre, balançant mes pieds de haut en bas sur le lit.) C'est plutôt que j'ai du mal à trouver mes mots. Tu…

M'intimidais. Étais tellement beau que si j'avais porté une culotte, elle aurait fondu sur moi. J'avais fantasmé sur la sensation de ses mains et ses lèvres sur moi.

Il ne dit rien, et mon cœur cessa de battre.

– Est-ce que tu peux entendre mes pensées quand je ne les verbalise pas ?

J'avais ce sentiment entêtant qu'en secret, il connaissait mes désirs les plus intimes.

Tu voudrais que ce soit le cas ?

– Bien sûr que non ! (J'avais les joues en feu.) Je ne sais même pas comment tout ça se produit.

C'est un lien que j'ai créé. Je ne peux pas accéder à tes pensées, à moins que tu n'ouvres un lien et que tu me laisses entrer.

– Ouais, bon, c'est mieux qu'on continue comme ça.

J'avais la bouche sèche et je m'humectai les lèvres, convaincue que je mourrais s'il entendait toutes mes pensées.

Mais je peux ressentir en partie tes émotions quand nous sommes connectés. Comme à cet instant, je suis brûlant... Je sais que tu me désires, que tu...

– Stop. Arrête.

Oh bon sang, si je pouvais tomber dans un trou et disparaître ! J'étais capable de contrôler mes paroles, mais mes émotions... c'étaient des bêtes incontrôlables.

Je pensais vraiment ce que je t'ai dit tout à l'heure.

Sa voix glissait sur ma peau comme une main tendre, et je n'eus pas besoin de demander – je savais exactement à quel moment il faisait allusion. Ses paroles roulèrent dans mon esprit : « *J'ai envie de te plaquer au mur, jambes écartées* ».

Ces mots me torturaient, me laissaient en proie à une multitude de pensées. Jamais je n'aurais imaginé ressentir de telles choses, ni qu'il réagirait de la même manière envers moi.

Jusqu'à maintenant... jusqu'à ce que Luther m'insuffle de l'espoir.

Ou était-ce encore une blague cruelle ? J'avais l'impression que ces trois frères aimaient jouer.

Est-ce que je t'ai mise mal à l'aise ?

– Non.

Je me forçai à rire, mais je grimaçai tellement ça sonnait faux. Sa question me donnait le sentiment d'être encore plus vulnérable que lorsqu'il avait murmuré ces paroles. Il voyait clair en moi, toute prétention mise à part, alors comment pourrais-je être autrement que moi-même avec quelqu'un qui ressentait la moindre de mes émotions ?

Je vais te laisser dormir, petite louve.

– Bonne nuit.

Je me recroquevillai dans mon lit, agrippée à mon oreiller, et je détestai les picotements dans mon ventre, parce que j'étais convaincue que Luther ne me ferait pas de mal. Je fermai les yeux. *Je vous en prie, faites que je me réveille à la maison. Je vous en prie.*

— *G*uen ! cria Jen depuis le salon. À quoi tu penses ?

J'étais là, de retour à la maison, et je la regardais, ainsi qu'Oliver qui jouait sur la télé, et Luke qui cuisinait. Et je savais que ce n'était pas réel.

Je savais toujours quand j'étais en train de rêver… J'étais là, mais pas vraiment.

– Est-ce que tu m'écoutes, au moins ? fulminait-elle, la colère déformant ses traits.

– Quoi ? marmonnai-je.

Je passai la main dans mes cheveux. Mes doigts se prirent dans le bandeau de métal et je l'écartai de mon front. Pourquoi le portais-je encore ? Je glissai le pouce sur la rangée d'étoiles dorées.

– Il faut qu'on paie tous les dégâts sur la voiture de Noah !

Ses mots attirèrent mon attention, et je tournai vivement la tête.

– Je n'ai pas abîmé sa maudite voiture.

Elle traversa la pièce en trombe et ouvrit un tiroir dans la cuisine pour en sortir quelque chose. Je ne me sentais pas bien, comme si j'étais l'intruse dans cette maison… dans cette vie. Comme si durant tout ce temps, je n'avais été qu'un imposteur prétendant s'intégrer, mais qui n'y parvenait jamais, quels que soient mes efforts.

– Alors pourquoi ce truc était sous ton lit ?

Elle tenait à la main le levier de vitesse en verre de la voiture de Noah.

Mon cœur se serra.

– Tu as fouillé dans ma chambre ?

– Ce n'est plus ta chambre, rétorqua-t-elle, la voix tremblante. Tu déménages au sous-sol. Désormais, c'est Evelyn qui prendra ta chambre. Et tu devras rembourser le père de Noah jusqu'au dernier cent avec l'argent que tu gagnes à ton boulot à mi-temps.

– Non, ça me prendrait une éternité. Je n'ai rien fait à sa voiture.

Même dans mon rêve, ce type était une ordure.

– Guen…

Elle ne cessait de secouer la tête, et sa réprobation me faisait du mal.

De colère, je serrai les poings, et les étoiles dorées du bandeau s'enfoncèrent dans ma paume, perçant la peau. J'en avais plus qu'assez que tout le monde m'accuse et pense que je faisais tout de travers. Ces accusations permanentes m'irritaient, attisaient les flammes en moi.

Stop.

Respire.

Mais mon esprit refusait de se calmer.

– Tu veux connaître la vérité ? criai-je, la voix tremblante. J'ai essayé de récupérer ma voiture parce que Noah avait dit qu'il pouvait m'aider, mais en fait il a essayé de me violer.

Des larmes accompagnèrent mes paroles, le monde s'écroulait autour de moi.

Je cillai pour les évacuer, mais déjà les ténèbres revenaient sur moi, et même si je ne pouvais plus entendre Jen, son visage terrifié me brisa le cœur. Mais je savais que ce n'était qu'un rêve avec Jen, c'était nébuleux dans ma tête, comme les rêves des bois tortueux que je faisais avant. Et en un clin d'œil, l'obscurité s'abattit sur mon monde.

J'ouvris les yeux sur le plafond parfaitement blanc, avec ses moulures élaborées dans les angles. Je ne bougeai pas, ne respirai pas, ne fit pas le moindre geste.

Je m'étais réveillée dans le monde des faë ; j'avais la poitrine oppressée.

Mais mon esprit restait à la maison… obnubilé par le chagrin que j'avais lu dans les yeux de Jen. La douleur s'amplifia dans ma poitrine, et les larmes roulèrent sur mes joues.

Je n'aurais pas dû lui dire. Et je ne le lui dirais pas quand je reviendrais enfin à la maison. Je préfèrerais la laisser croire que j'avais abîmé la voiture plutôt que de voir l'angoisse sur son visage en sachant ce que Noah m'avait fait. Elle ne devait pas souffrir pour moi – je refusais qu'elle souffre. Je levai la main, n'y trouvai aucune coupure, et sur le chevet trônait le bandeau doré. Rien qu'un rêve. Un maudit rêve effrayant.

Quand je sortis enfin les jambes du lit, un morceau de papier tomba à mes pieds.

Je le ramassai et le dépliai, m'avançant vers la fenêtre pour avoir plus de lumière.

Quittez cet endroit. Fuyez avant qu'il ne soit trop tard.

Je me figeai devant ces mots, avant de retourner le papier, sans trouver d'autre message. Plus je contemplais l'avertissement, plus j'avais des frissons.

J'entendis des pas dans la pièce d'à côté. Je frémis et laissai échapper le papier de mes mains tremblantes, qu'une saute de vent emporta. Je tentai de le rattraper, mais il était parti, il voletait dehors.

Je tremblai, ne sachant quoi faire de ce message. Où fuir, de toute façon ? Les bois étaient-ils plus sûrs que ce palais ?

Je me tournai vers la porte, appuyai sur la poignée ; elle s'ouvrit.

– Bonjour ?

Je jetai un œil dans la pièce adjacente, n'y trouvais qu'une robe posée sur le dossier du canapé. Il y avait un plateau de nourriture sur la petite table juste à côté. Du porridge et du miel, du pain, des confitures et des fruits. J'en salivai.

Je récupérai la robe bordeaux et retournai dans ma chambre pour me changer avant qu'on ne me force de nouveau à prendre un bain. Le corsage était ajusté, et les manches étaient lacées de l'épaule au poignet ; la jupe droite me tombait aux chevilles. Je me déshabillai et fis glisser la robe par-dessus ma tête et sur mon corps. La coupe était plus lâche que la dernière robe, et il n'y avait qu'une épaisseur d'étoffe. Pas de sous-vêtements, soupirai-je. Je trouvai quand même une paire de chaussures noires sans lacets près de la porte.

Des pas retentirent dans l'autre pièce et je m'y précipitai, espérant trouver Luther.

La servante brune était en train de déposer une théière et une tasse sur la table. Vipère bondit aussi dans la pièce et gagna la fenêtre pour y observer les faucons qui passaient.

– Bonjour, maîtr... Madame. (Ses yeux s'illuminèrent quand elle me vit habillée.) Cette couleur va à ravir avec vos cheveux blonds. Venez manger, je vais vous les arranger.

J'avais envie de la questionner au sujet du mot, de savoir si c'était elle qui me l'avait déposé, mais la rousse débarqua comme si elle était en mission. Les lèvres pincées, elle fila droit dans ma chambre, sûrement pour y mettre de l'ordre. Avait-elle laissé le message ?

– Comment vous appelez-vous ? lui demandai-je, me sentant un peu coupable de ne pas lui avoir posé la question avant.

– Dana, Madame. Livy m'aide aussi, même elle est souvent ronchon.

Le sourire sur son visage m'indiqua que les deux femmes étaient proches.

– Appelez-moi Guen. Alors, quel est le programme aujourd'hui ?

Je me laissai tomber sur le canapé, mon estomac criant famine, et m'emparai du bol de porridge et de la cuillère.

– Le programme ?

– Qu'est-ce que je suis censée faire aujourd'hui ?

J'amenai une pleine cuillerée à ma bouche, et le porridge crémeux parfumé à la pomme et la cannelle fondit sur ma langue. C'était à tomber.

– Les princes ont quitté la cour pour quelques jours. Jusqu'à leur retour, nous avons pour instructions de vous faire garder la chambre.

Je laissai tomber la cuillère dans le bol de porridge.

– Pour quelques jours ? Je voudrais explorer le palais.

En découvrir plus sur mon passé, mes parents – et d'une manière ou d'une autre, me convaincre enfin que tout ceci pouvait être réel.

– Hors de question. (Dana se déplaça derrière le canapé et tira brusquement mes cheveux en arrière pour me dégager le visage.) Nous allons vous apporter de quoi vous occuper. Ce matin, vous apprendrez l'art de la broderie, et plus tard, vous apprendrez à jouer de la harpe.

Je levai les yeux au ciel, et me rappelai les paroles de Luther au sujet de quelqu'un qui voudrait me faire du mal si on découvrait où je me trouvais. Alors pourquoi me conseillait-on de quitter le palais ?

CHAPITRE 15

Je dévalai le sol de la forêt, dont les feuilles craquaient et se prenaient dans l'ourlet de ma robe.

– Tu m'as manqué toute la journée, murmura Luther d'une voix soyeuse et séductrice.

Dans la nuit, je distinguais à peine ses vêtements et ses cheveux noirs, mais il restait un reflet dans ses yeux d'ambre.

– Hé, attends ! criai-je alors qu'il avançait en marche arrière, avec un sourire diabolique, la main tendue vers moi.

– Dépêche-toi, petite louve.

Je tendis le bras, mes doigts s'accrochèrent aux siens. Il les retint et m'attira près de lui.

– Il faut que tu avances plus vite. Personne ne doit savoir que nous sommes ici, murmura-t-il d'un ton de conspirateur qui me rendait folle.

J'avais l'impression que nous avions échappé à nos chaperons pour échanger notre premier baiser. Si seulement.

Je jetai un œil par-dessus mon épaule aux lumières du palais qui perçaient entre les arbres : cet endroit était immense. Des torches enflammées signalaient la porte de service par laquelle nous étions sortis en douce.

– Pourquoi tu ne m'as pas contactée par la pensée pendant que tu étais parti ? (Je me pressai contre lui en passant par-dessus un tronc couché, ses doigts entrelacés aux miens.) J'ai enduré trois journées d'ennui total à faire de la broderie et de la harpe. Bon sang, j'en étais au point où soit je me plantais les aiguilles dans les yeux, soit je m'étranglais avec les cordes de la harpe.

Il éclata de rire.

– Nous avons voyagé avec Père. Parfois, les gens autour de moi peuvent sentir que j'utilise mon pouvoir, et je ne pouvais pas prendre ce risque.

– Le risque qu'ils me trouvent ?

J'étais tendue à l'idée d'être tenue dans l'ignorance de ce qui se passait.

Il répondit d'un signe de tête.

– Père m'interdit d'utiliser cette capacité.

– Donc tu es le rebelle de la famille, plaisantai-je.

Il porta ma main à ses lèvres et embrassa brièvement mes jointures pendant que nous marchions.

– Si seulement tu savais, petite louve.

Tant de questions me venaient à l'esprit, et j'étais toujours partagée sur mes sentiments envers Luther. Et sur le fait d'être coincée dans ce monde... ou plutôt ce « royaume », comme l'appelaient ses frères et lui. Plus les jours passaient, plus une vérité s'imposait à moi : peut-être que c'était vraiment ici qu'était ma place. Que c'était un endroit réel, et que j'y étais coincée.

Cela soulevait d'autres questions, comme de savoir pourquoi mes parents m'avaient abandonnée. Qu'est-ce qui n'allait pas chez moi ? Étais-je vraiment une faë ? Je n'avais aucune idée ce que cela signifiait vraiment, mais cela pourrait expliquer mes rêves, les épisodes vécus jusqu'à mon arrivée ici... pourquoi j'étais tombée de la voiture de Noah pour atterrir dans mon lit.

– Tu es prête pour ta surprise ? me taquina-t-il.

– Qu'est-ce que c'est ? couinai-je.

Il avait quelque chose de différent ce soir. Il souriait trop, son contact réchauffait mon corps, et pourquoi était-il aussi excité ? J'avais envie de m'asseoir avec lui et de parler de nous, en apprendre plus sur lui, mais quand il avait déboulé tout excité dans ma chambre, en insistant pour qu'on parte tout de suite, son euphorie m'avait fait tourner la tête. Parler pouvait attendre, apparemment.

– Tu verras, répondit-il avec un sourire captivant, tandis que nous courions à travers bois.

Avec lui, je n'avais pas peur. Peut-être que j'aurais dû, mais pas ce soir.

Il s'arrêta enfin devant une plateforme en bois carrée, munie d'une rambarde sur trois côtés. Elle était assez grande pour contenir deux ou trois personnes.

– Qu'est-ce que c'est ?

J'avais le souffle court, alors que lui transpirait à peine.

Il posa un pied à l'intérieur et me fit signe de le suivre.

– Bienvenue dans ma grande roue.

Je lui jetais un regard soupçonneux, mais à l'intérieur, je frétillai de joie, car non seulement il s'était souvenu de notre conversation, mais il en avait fabriqué une. Elle ne ressemblait en rien à celles de chez moi, vu que ce n'était qu'une simple plateforme qui allait probablement s'élever. Mais il n'en avait jamais vu et avait basé sa création sur ma seule description, alors j'avais hâte de voir ce qu'il avait fabriqué. Mon estomac faisait des pirouettes à l'idée qu'il avait fait ça pour moi.

– Je ne sais pas quoi dire.

Je montai sur la plateforme. Elle n'avait rien à voir avec les grandes roues de chez moi, mais j'avais hâte d'essayer sa version.

– Ça va être une grande première. (Il posa sa main sur mes reins, m'attira plus près, et je m'affaissai contre lui.) Maintenant, accroche-toi.

Il était si proche à présent, je sentais les muscles durs de son torse, je respirais son haleine. Miel et myrtilles, et une fragrance toute masculine. Il tira fort d'une main sur une corde, et en un éclair, notre plateforme fit une embardée et fut catapultée vers le ciel. Un vrombissement se fit entendre, comme une corde roulant sur une roue métallique.

L'estomac retourné, je frémis, me cramponnai à lui, plaquée contre son torse, les mains crochées dans sa chemise.

Il rit quand le vent souffla sur nous. Sa grande main me maintenait en place, l'autre s'agrippait à la rambarde en bois. Nous aurions pu nous envoler dans le ciel vu la vitesse à laquelle nous nous déplacions, glissant le long de hauts pins, dont les senteurs flottaient au gré de la brise.

– Tu aimes ma grande roue ? s'enquit-il, la voix ballottée par le souffle de l'air.

Je m'accrochais à lui de toutes mes forces, et la chaleur de son corps se répandait sur moi.

– C'est fantastique.

Le vent jouait dans mes cheveux et les balaya sur mon visage quand nous nous arrêtâmes brusquement.

Je regardai autour de moi : les cimes des pins s'étendaient en tous sens. La lune décroissante pendait comme une corne de Viking, projetant des teintes argentées sur la forêt.

– Wouah, les gens paieraient une fortune pour cette vue.

– Tourne-toi.

M'agrippant à la balustrade, je pivotai, la plate-forme oscilla légèrement, et mon cœur se mit à battre la chamade.

Mais j'oubliai tout une fois que j'eus levé les yeux. J'étais captivée.

Un château majestueux s'érigeait au sommet de la montagne proche, comme sorti tout droit d'un conte de fées. Je hoquetai, ce qui fit rire Luther.

– Putain de merde, c'est un vrai château, murmurai-je.

De solides murs de pierre, des tours, le clair de lune qui brillait sur ses fières tourelles, des fenêtres sombres comme des meurtrières dans les murs épais, des drapeaux flottant au vent. Des globes de lumière disséminés partout donnaient vie à cette forteresse spectaculaire. Les arbres groupés au pied des murs ressemblaient à une armée prête à la défendre.

Je lançai un regard au palais dont nous venions, plus loin sur ma droite. J'avais cru que c'était la bâtisse la plus élaborée que j'avais jamais vue, mais je m'étais bien fourvoyée.

– Ce château est dingue.

– C'est là que vivent mes parents.

Luther se pencha derrière moi, son torse puissant contre mon dos, ses mains saisissant la balustrade de chaque côté de moi, et je perdis toute capacité de réflexion. Oubliées les questions que je m'étais promis de lui poser.

Tout ce qu'il me restait, c'était la chaleur qui émanait de son corps, sa respiration rapide qui frôlait mes cheveux, et je savais ce qui allait se passer ; j'en mourais d'envie, j'en avais *besoin* depuis la première fois qu'il avait pénétré mon esprit et m'avait à moitié terrorisée. Mais c'était plus profond que ça. Nous étions bien plus que juste consumés par le désir. Après ce soir, ce ne serait plus seulement moi qu'il prendrait en otage. Il aurait mon cœur aussi. Et mon cœur se briserait. Car je n'étais pas assez bête pour oublier la vérité : même si je venais de ce monde, lui était un prince. Et moi… qui savait ? Sauf que cela faisait des années que nous préparions ce moment, et il était hors de question que je le ruine. Impossible.

– C'est paisible ici, loin de tout et de tous, murmura-t-il dans mon oreille, envoyant de vifs frissons de plaisir dans mon échine.

Sa main glissa sur ma mâchoire, ses doigts étaient tendres et tièdes. Il inclina ma tête en arrière et me regarda, le clair de lune illuminant son visage.

Comment avais-je pu ne pas remarquer la couleur de ses yeux, avec le bord des iris d'un ambre profond ? J'étudiai ses pommettes bien définies, sa mâchoire carrée, ses lèvres pleines qui semblaient légèrement de travers de mon angle de vue.

– J'ai un cadeau pour toi, dit-il.

– Vraiment ?

Je pressai mon dos contre son torse, il enroula ses bras autour de mes épaules et me serra fort.

– Tu te souviens quand je t'ai promis une vengeance pour ce que Noah t'a fait ?

Je ne pus m'empêcher d'être inquiète : quel rapport entre un cadeau et une vengeance ?

– Qu'est-ce que tu as fait ?

– Pas assez, mais d'ici, c'était ce que je pouvais faire de mieux pour lui faire regretter de t'avoir touchée.

Je cillai et me tournai dans ses bras pour lui faire face.

– J'ai peur de te demander.

Les coins de sa bouche se retroussèrent, comme s'il réfrénait un sourire.

– J'ai ajouté un peu de piquant à ses rêves. À chaque fois qu'il dort, il rêve qu'il se fait sauvagement assassiner, il ressent la moindre douleur, la moindre peur, chaque instant, comme si c'était réel. Chaque nuit, une fille à qui il a fait du mal viendra lui rendre visite. (Un sourire diabolique étira ses lèvres.) Ça va lentement le rendre fou.

Je le fixais sans trop savoir quoi ressentir. L'idée n'était pas désagréable, parce que cette ordure avait mérité bien pire, mais cela me montrait aussi que Luther se délectait de sa propre cruauté.

– Tu n'aimes pas ? (Il plissa le nez, inquiet.) Je pourrais arranger quelque chose de pire.

– Non. En fait, c'est plutôt créatif et malin.

187

– Exactement.

Le clair de lune éclairait le côté de son visage. Dos à la balustrade, je levai les yeux, et il sa main prit ma joue en coupe.

– Tu mérites tellement plus que la vie que tu as menée. Tous ceux qui t'ont fait du mal n'avaient aucune idée de qui tu étais.

– J'aurais aimé savoir *moi* qui j'étais.

Lentement et tendrement, il passa le pouce sur ma lèvre inférieure.

– Tu le sauras dès que mes frères et moi aurons trouvé une solution.

– Une solution ?

À l'entendre, on aurait dit que j'étais un problème.

Il pressa le bord de son ongle sur ma lèvre, déclenchant une douleur aiguë, mais je ne grimaçai pas. Je luttais pour apprivoiser mes émotions et la chaleur qui montait entre mes jambes.

J'entrouvris les lèvres et sortis ma langue pour titiller le bout de son pouce. L'anneau ambré de ses yeux s'alluma comme un feu, et je lui fis plaisir, me penchant plus près, faisant glisser son pouce dans ma bouche, centimètre par centimètre. Je refermai les lèvres dessus, fermai les yeux et savourai son goût salé en enroulant ma langue sur son pouce. J'appréciais sa respiration saccadée.

– Regarde-moi, lança-t-il d'un ton rauque et féroce.

J'ouvris les paupières et me noyai dans ses yeux enivrants.

L'excitation se lisait dans son regard intense, et je serrai les cuisses. J'adorais ce regard, et l'idée que j'avais du pouvoir sur lui.

Je sentis l'électricité grésiller sur ma chair, et il retira son pouce de ma bouche avec un petit *pop*. Puis il se pencha vers moi, enfouit son visage dans mes cheveux qu'il huma.

– Tu es à moi, murmura-t-il.

Ses lèvres se refermèrent sur les miennes, et le désir m'envahit. Un désir ardent me transperça, mon cerveau fit des étincelles. J'ouvris la bouche et gémis quand il y glissa sa langue, bataillant avec la mienne.

J'empoignai ses longs cheveux et tirai dessus, le souffle court.

Il resserra sa prise sur mes hanches.

Je fis courir mes mains sur ses fortes épaules, puis sur les muscles fermes de son torse et de son estomac. Mes doigts se glissèrent sous sa chemise, où sa peau était en feu. Sa respiration se fit sifflante quand je le touchai, et il m'attira brusquement à lui, m'embrassa avec sauvagerie ; je me perdis en lui. Ma façon de lâcher prise, cette envie que j'avais de lui, m'effrayaient.

Je le désirais. J'avais besoin de lui. Tout simplement, il fallait que je possède cet homme.

Ses baisers dérivèrent vers ma joue, mon front, jusqu'à mon oreille, me laissant tremblante.

– Il y a tant de secrets que je prévois de partager avec toi, ma petite louve. Des secrets qui feront de toi la plus puissante des faë du Royaume Errant.

Je me figeai et levai les yeux vers lui. Il m'avait amenée à l'extrême limite de l'excitation, mais à présent c'était oublié, ne restait plus que de la curiosité. Il y avait tant de choses que je ne comprenais pas.

– De quoi tu parles ?

Ses mains rampèrent dans mon dos, suivirent la courbe de mes fesses, me transmettant sa chaleur, tandis que son regard se fixait sur moi.

– Pourquoi tout le monde te connaît dans le royaume, d'après toi ?

– Peut-être parce que…

Un hululement perçant résonna quelque part dans les bois, et mon cœur bondit.

Luther s'écarta de moi et regarda par-dessus la balustrade. Il était tout pâle quand il croisa mon regard, ce qui me coupa le souffle.

– Il faut qu'on s'en aille. Maintenant ! siffla-t-il.

Il tendit la main vers la corde, et des étincelles dorées jaillirent de ses doigts. La plateforme fit une embardée, et nous tombâmes. Mon estomac me remonta dans la gorge, et je me cramponnai frénétiquement à la balustrade tandis que le vent secouait mes cheveux en tous sens.

Luther referma ses bras autour de ma taille et me serra fort.

– Je te tiens. Sitôt qu'on atterrit, on court. Quoi que tu fasses, ne regarde pas en arrière et ne lâche pas ma main. Compris ?

Je hochai la tête, et mon cœur se mit à galoper.

– Tu me fais peur.

– Très bien, comme ça tu suivras mes instructions.

Des mots lourds de sens.

L'obscurité s'éleva autour de nous tandis que nous plongions dans les bois, et la peur s'insinua dans mes veines.

Je trébuchai quand la plateforme heurta le sol. Luther m'agrippa le bras et fonça dans la forêt, me traînant derrière lui. Nous nous mîmes à courir. Il avançait à une vitesse folle. J'avais l'impression de voler, mes jambes suivaient à peine le rythme.

La panique me frappait en pleine poitrine, oppressait mes poumons. Je m'obligeai à continuer. La chair de poule me hérissa le dos, comme si quelqu'un nous observait. Plongeant sous les branches, nous avancions sans cesse. L'adrénaline me permettait d'aller de plus en plus vite. La peur me poussait tout autant que le vent glacial.

Quoi que tu fasses, ne regarde pas en arrière.

Mon désarroi m'incitait à regarder dans les bois pour voir ce qui effrayait Luther à ce point, ce qui terrifiait un homme qui semblait capable d'affronter un ours. Mais je ne me retournai pas… Je ne pouvais

me résoudre à voir les monstres qui nous pour-
chassaient.

Les ténèbres nous entouraient, seules les vives
lumières du manoir au loin nous indiquaient le
chemin.

Des branches craquèrent derrière nous et un
grondement guttural s'éleva dans la nuit.

La chair de poule m'envahit tout entière. La prise
de Luther se resserra, me tirant encore plus vite.
Mon pied s'accrocha dans une racine qui me fit
trébucher. Mon cœur flancha.

Je hoquetai, tentai de rattraper Luther, tandis que
je tombais à terre.

Il pivota, passa son bras libre sous le mien pour
me rattraper. Je titubai le temps de reprendre mon
équilibre, et l'instinct me fit me retourner. Je n'aurais
pas dû.

Une ombre massive sur deux jambes chargeait
droit sur nous depuis les profondeurs de la forêt,
brisant des branches, ses pieds martelant le sol. Le
blanc de ses yeux scintillait ; il y avait de la sauvagerie
dans sa posture ramassée. Ce n'était pas une bête,
mais un cinglé qui nous poursuivait.

Un cri s'échappa de mes lèvres.

Avec un grognement, Luther m'attira à lui.

– Cours, petite louve, cours ! cria-t-il.

Le vent nous frappait de plein fouet tandis que
nous cavalions.

Nous sortîmes précipitamment des bois et nous filâmes dans l'ombre du manoir.

Je regardai de nouveau en arrière tandis que Luther tâtonnait pour ouvrir la porte latérale, l'entrée de service d'après ce qu'il m'avait dit.

L'homme qui nous pourchassait émergea des bois, les yeux scintillant dans le clair de lune. Les vêtements en lambeaux, il peinait à reprendre son souffle, la poitrine pantelante, la bouche béant sur un grondement terrifiant qu'un humain ne devrait pas pouvoir produire. Il se rua sur nous, et je reculais quand Luther me saisit par le bras et m'attira à l'intérieur. Il claqua la porte qu'il boucla à l'aide de plusieurs verrous.

La nuit régnait dans la cuisine vide. Il n'y avait personne alentour.

– Vite, il faut que tu retournes à ta chambre. Tu y seras en sécurité.

Il me saisit la main et nous courûmes à travers la cuisine obscure alors que quelque chose se fracassait sur la porte derrière nous.

J'arrivais à peine à reprendre mon souffle, et cela n'avait pas grand-chose à voir avec notre course effrénée. Mais tout à voir avec cette chose qui rôdait dehors.

CHAPITRE 16

*L*uther, ne pars pas ! marmottai-je, ma panique se transformant en autre chose… quelque chose de très douloureux, aux dents acérées.

Les ténèbres de ma chambre s'abattirent sur moi, oppressantes, me coupant le souffle.

Il secoua la tête. La terreur assombrissait ses yeux qui reflétaient un désir intense quelques instants plus tôt. Sa main s'échappa de la mienne – le froid m'enveloppait déjà – et se précipita vers la porte.

J'accourus vers lui, la peur fouaillant mes entrailles. Qu'est-ce qu'il fuyait ?

– C'était quoi, dans les bois ? Pourquoi était-il après nous ?

– Tu es en sécurité ici. Quoi qu'il arrive, ne quitte jamais cette pièce avec quelqu'un d'autre que moi ou les servantes. Compris ?

– Tu me fais peur.

Des frissons remontèrent le long de ma colonne. Je n'étais pas certaine de pouvoir empêcher quiconque de venir me chercher. Où pourrais-je me cacher ici ? Et qu'avait-il voulu dire tout à l'heure dans les bois, comme quoi j'étais la faë la plus puissante ? Je n'arrivais toujours pas à me faire à toute cette histoire d'être une faë.

Un bruit familier de griffes sur le parquet me parvint depuis le couloir, et M. Très-Loup entra dans la chambre, passant devant moi sans un regard.

– Je dois y aller. (Luther recula, regardant pardessus son épaule, sourcils froncés.) Je dois y aller, répéta-t-il.

– Ne laisse pas Cujo ici avec moi ! hoquetai-je, observant la bête à fourrure arpenter la pièce comme si c'était la sienne.

Luther referma la porte et je n'entendis plus que ses pas qui s'éloignaient.

Le chien sauta sur le canapé où il s'étendit sur le ventre et s'installa confortablement, comme si d'une manière ou d'une autre, il savait que sa nouvelle mission était de me défendre. Même si je m'inquiétais de me réveiller pour le voir me mâchouiller la jambe, une part de moi appréciait d'avoir de la compagnie. Autre que mes seules pensées.

Un feu crépitait dans la cheminée, projetant dans le salon sa lueur dansante.

Je restai là un petit moment, noyée dans un trop-plein d'émotions. La chaleur intense que Luther avait éveillée en moi, la terreur à l'idée que quelqu'un me voulait du mal, l'envie de rentrer chez moi.

J'imaginais Jen en train de paniquer parce que j'étais partie depuis plusieurs jours, de signaler ma disparition ; la culpabilité m'oppressait.

Seuls le crépitement des bûches et les bruits du chien qui se léchait perturbaient le silence de la pièce faiblement éclairée. Je gagnai la fenêtre et contemplai en bas la forêt plongée dans la nuit et l'éclat argenté du clair de lune ; je tentai de retrouver l'endroit où Luther m'avait emmenée, mais comme il faisait trop sombre, mes recherches restèrent vaines.

Je souris en repensant à cette grande roue à mille lieues d'une véritable grande roue, mais que j'avais réellement adorée. Au fond de moi, je me consumais encore pour lui, je bouillais de l'embrasser toute la nuit, j'avais envie qu'il dorme là avec moi.

Mon cœur battait la chamade et j'avais toujours le goût de Luther sur ma langue, qui s'infiltrait en moi. J'inhalai son parfum. Des senteurs de miel, d'homme et de quelque chose de sombre. Elles se diffusaient à travers moi, comme s'il avait voulu laisser sa marque sur moi pour que je ne l'oublie jamais. Mais c'était insensé, non ?

– On dirait qu'il n'y a que toi et moi.

Je pivotai vers mon compagnon pour la nuit, mais il avait déjà posé son menton sur ses pattes et fermé les yeux.

Je me traînai dans l'autre pièce et tirai le pot de chambre de sous mon lit, détestant de ne pas avoir de vraies toilettes. Ensuite j'irai dormir, et peut-être, je dis bien peut-être, que je me réveillerais chez moi.

Quelque chose de duveteux m'effleura le visage. Je secouai la tête – mon nez me démangeait – et ouvris des yeux ensommeillés. Au premier coup d'œil, j'aurais juré que j'étreignais une épaisse couverture en fourrure, mais quand la puanteur du chien me frappa, je sursautai et bondis hors du lit, mon cœur martelant ma cage thoracique.

Cujo resta sur le matelas où j'étais blottie contre lui quelques secondes plus tôt, et s'efforça de me lancer par-dessus son épaule un regard tout embué de sommeil.

Je lui retournai un regard noir.

Il poussa un petit gémissement et laissa retomber sa tête sur mon oreiller.

– Wouah, tu prends toute la place ! Pour ton information, si on doit vraiment partager, tu restes de ton côté du lit.

Il était étalé en plein milieu.

Le parquet craqua dans la pièce adjacente, et je tendis l'oreille. Cujo se remit sur ses pattes, balançant mon oreiller au passage, et sauta hors du lit avant de courir dans le salon.

– Ce n'est que moi, M. Très-Loup, répondit Dana.

Je me traînai vers elle, en train d'installer mon petit déjeuner sur la table basse.

– Bonjour, Madame.

– Salut. (Je me frottai les yeux en bâillant ; je sentais le Cujo mouillé.) Est-ce que je pourrais prendre un bain ?

Même si je n'aimais pas me baigner avec les servantes qui m'observaient, j'avais désespérément besoin de me laver.

Elle me regarda en souriant.

– Bien sûr. Je savais que vous apprécieriez.

J'aimais bien Dana. Elle m'accueillait toujours avec un sourire et me mettait à l'aise.

Elle inclina la tête, et un sourire retroussa les commissures de ses lèvres.

– Profitez de votre repas, et je reviendrai bientôt vous chercher.

Elle tourna les talons, se raccrochant au tablier blanc qu'elle portait sur sa robe bleu marine, et se précipita vers la porte.

– Dana, avez-vous vu Luther ce matin ? lui lançai-je.

Elle secoua la tête et se retourna.

– Pas encore. Mais pourrais-je me permettre de vous dire ce que je pense ?

– Bien entendu. Qu'est-ce qui se passe ?

– Mon père, la Déesse bénisse son âme, m'a dit un jour qu'il est parfois difficile de briser son chemin pour embrasser un nouvel avenir. Mais pour survivre au milieu des monstres, il faut s'adapter de toutes les manières possibles.

Je la contemplai, essayant de saisir ce qu'elle venait de me dire, convaincue que la plupart des gens de ce monde ne s'exprimaient que par énigmes.

Elle s'essuya la main sur son tablier, pinçant les lèvres.

– Vous avez l'air confuse, Madame.

– Juste un peu.

– Je sais que cet endroit peut vous paraître étrange, mais c'est un royaume mortel pour qui n'en connaît pas les dangers. Soyez prudente, mais acceptez vite ce royaume comme le vôtre avant qu'il ne soit trop tard.

– Trop tard ?

Comme le mien ? Ce n'était pas chez moi.

Elle inclina la tête.

– J'en ai trop dit, j'ai dépassé les bornes. C'est juste que je ne veux pas vous voir… (elle s'éclaircit la gorge) souffrir.

– Merci.

Dana s'éclipsa ; à présent j'étais mille fois plus confuse.

Et j'avais terriblement envie de parler à Luther. Il m'avait laissée avec tant de questions la nuit dernière. Sans parler du souvenir du baiser le plus fabuleux du monde. Certains types savaient embrasser, d'autres étaient de véritables fontaines ou carrément nuls. Luther m'avait laissée à bout de souffle, comme si je ne pouvais plus vivre sans l'embrasser de nouveau.

Quand je me retournai, Cujo avait posé les pattes avant sur la table et lapait mon porridge.

Rah.

---

*D*eimos marchait en cercles autour de moi à pas lents et silencieux. Il était grand, autour du mètre quatre-vingt-dix. Il était magnifique, depuis les profondeurs de ses yeux verts cristallins jusqu'à l'expression farouche sur son visage. Il avait détaché ses cheveux ce soir, des mèches blanches retombaient en cascades sur ses larges épaules et dans son dos, brillant presque d'une teinte bleutée à la lueur des flammes de la cheminée. Ses yeux de prédateur m'observaient, ses muscles tendus roulaient sous sa peau. Je n'aurais dû ressentir pour lui que de la haine, pas ce souffle court, et certainement pas ce désir qui explosait en moi devant ce type puissant qui me regardait comme s'il allait me dévorer.

Dangereux.

Féroce.

Magnifique.

Je le regardai, le souffle de plus en plus court. Il

posa la main sur mon menton quand il s'arrêta devant moi. Comme Luther, son contact me réchauffa instantanément. Il m'obligea à lever la tête pour le regarder.

– Je m'attendais à plus, grogna-t-il.

– Plus ? (Je forçai mon regard à se poser sur la table du dîner, garnie de plats de ragoût, de faisan rôti, de légumes cuisinés et nombre d'autres choses que je ne reconnaissais pas.) Je suis sûre que le cuisinier peut préparer plus de plats s'il n'y en a pas assez.

Il plissa les yeux et je lui offris mon sourire le plus insolent. Il m'avait coincée au moment où j'entrais dans la salle à manger. Après une journée seule dans mes quartiers, j'avais espéré retrouver Luther, mais à la place, c'était Deimos qui m'attendait.

Sa main glissa sur ma joue, puis il passa les doigts dans mes cheveux jusqu'à mes épaules. Ses doigts avides explorèrent mon cou, laissant dans leur sillage une traînée de frissons.

– Plus de beauté, plus d'élégance, plus de tout, dit-il doucement. (Je me raidis et tressaillis sous sa prise, mais ses mains furent rapides ; il saisit mes bras et m'attira contre lui.) Je n'ai pas dit que tu pouvais partir.

– Tu n'es pas si terrible non plus, marmonnai-je, mentant effrontément.

C'était la perfection incarnée, le plaisir et la tentation qui se tenaient là devant moi.

– Fais attention à ce que tu dis, me menaça-t-il avec un rictus, savourant ce jeu de pouvoir.

Je déglutis avec peine en me rappelant à qui j'avais affaire : un prince qui avait l'habitude d'obtenir ce qu'il voulait. Mais beau gosse ou pas, je n'étais pas d'accord pour qu'il envahisse mon espace personnel. Je reculai, mais il avança d'autant et me colla le dos au mur, son visage tout près du mien. Si près que je sentais son parfum… masculin et boisé, avec une légère touche d'agrumes. Quelque chose remua dans mes tripes, et mon regard se posa sur ses lèvres qui me mettaient l'eau à la bouche, tordues en une grimace.

– Luther te brisera facilement, et ensuite il te trouvera une remplaçante.

Il parlait calmement, comme s'il était en train de commander un café latte – une chose qu'il n'avait probablement jamais goûtée de toute sa vie –, mais je ne croyais pas en sa menace. Pas après la nuit que j'avais passée avec Luther. Il ne ferait pas ça.

– Je sais ce que tu es en train de faire, persiflai-je en lui jetant un regard noir.

Il s'approcha encore et frôla mes lèvres des siennes ; mon corps débordait d'adrénaline.

– C'est ce que tu espérais ?

Je contractai la mâchoire, ma peau me brûlait, car il osait…

– Ça va être amusant de te garder. Je pourrais même essayer de te briser à mon tour.

– C'est comme ça que tu penses faire tourner la tête à une fille ?

Son rire était divin, et c'était mal, car il ne pouvait pas être à l'origine du meilleur son que j'aie jamais entendu de toute ma vie.

– Je préfère les filles qui en ont trop que pas assez.

Un frisson me secoua, et je lui frappai la poitrine de mes poings ; mais il resta là à me bloquer, sans bouger. Ses doigts glissèrent dans mes cheveux, entortillant mes mèches.

– Peut-être que tu aurais dû relever tes cheveux ce soir, dit-il. Tu aurais été plus jolie.

– C'est tout ce que tu sais faire, insulter ? Eh bien ça ne marche pas avec moi, alors dégage de mon chemin.

Sa main agrippa mes cheveux, et je grimaçai.

– Tu es adorable quand tu es en colère. Je crois qu'on va bien s'amuser tous les deux.

– Je ne t'appartiens pas, et il est hors de question que je reste dans cette maison de fous.

Malgré mes paroles, mon corps ronronnait d'être aussi près de lui. Il me trahissait avec cet abruti, et mes lèvres fourmillaient encore de son baiser.

Je sentais son haleine sur mon visage, et même si j'aurais aimé dire qu'elle puait, j'adorais son odeur. Foutu mec… Je le détestais.

– Tu n'appartiens pas non plus à Luther, et puis où iras-tu ? Ce n'est pas chose aisée de changer de royaume sans magie. À présent, tu es coincée dans le nôtre.

– Je trouverai un moyen de rentrer.

Il pressa sa bouche contre mon oreille.

– C'est très humain de ta part.

Je me raidis.

– Qu'est-ce que c'est censé vouloir dire ?

Ses yeux verts se plantèrent dans les miens, et j'y vis le désir qui s'intensifiait. Ses lèvres se posèrent sur les miennes trop vite pour que je réagisse. Il mordilla ma lèvre inférieure, ses dents entaillant la chair.

– Aïe !

Les mains sur son torse, je tentai de le repousser, mais il ne bougea pas. Il restait simplement là, ferme comme un roc, à lécher la traînée de sang sur sa bouche.

Je portai la main à la mienne : mes doigts étaient couverts de sang.

– Qu'est-ce que tu fais ?

Sa main glissa sur mon épaule et il me submergea, obscurcit mes pensées, me pressa contre lui alors que j'essayais de reprendre un semblant de contrôle sur mes émotions vacillantes.

Il enfouit son visage dans mon cou, huma, goûta, et je frissonnai sous lui, sa douceur me procurant un nouveau genre d'excitation. J'aurais dû l'arrêter, le repousser, mais j'en étais incapable. Quelque chose frôla mon esprit, doux comme une plume, embrouillant mes pensées pendant un instant, avant de s'éloigner.

Dans mon cou, ses dents me piquèrent, vives, électrisantes.

Une brume envahit mon esprit et tout s'effaça en dehors de Deimos et moi. Je m'efforçai de calmer ma respiration, mais ne parvins pas à calmer le martèle-ment de mon cœur. L'excitation vibrait le long de ma colonne, comme des doigts invisibles qui couraient dans mon dos, et plus bas encore.

Un rugissement soudain éclata dans la pièce, m'arrachant à mon état d'hébétude.

– Putain, mais qu'est-ce que tu fais ? gronda Luther.

Deimos s'éloigna de moi en titubant, avec un rire hypnotique. Il essuya sa bouche ensanglantée du dos de sa main, me dévorant des yeux, m'attirant d'une manière que je n'avais jamais ressentie.

– Elle est exquise, frère. Tellement plus que ce que nous aurions pu imaginer. Tu as eu raison de la recueillir.

– Tu n'as pas à la toucher ni la marquer. Putain, Deimos !

Le mur me soutint le temps que le brouillard dans ma tête s'estompe, et que mes pensées s'éclaircissent. Une douleur cuisante naissait dans mon cou. Je plaquai la main sur la blessure à l'endroit où il m'avait mordue.

– Enfoiré, marmonnai-je.

Quoi qu'il ait fait, cela m'attirait vers lui comme une sorte d'aimant.

La tension explosa dans la pièce. Luther soufflait comme une bête, les bras tremblants. Quand Deimos posa les yeux sur moi, ils me firent l'impression de marques sur mon corps.

– Pourquoi ? s'enquit-il en haussant un sourcil. Tu crois que je ne sais pas que tu l'as déjà marquée toi aussi ? Je l'ai senti dans son sang. De toute façon, nous savons aussi bien l'un que l'autre qu'Ahren finira par la revendiquer.

Vif comme l'éclair, Luther se jeta sur son frère ; ils heurtèrent tous deux le côté de la table, avant de s'écraser par terre avec plusieurs chaises et le plat de légumes rôtis.

Je tressaillis, tentant de m'éclaircir les idées.

Des pommes de terre et des carottes roulèrent sur le sol où les deux frères se frappaient à coups de pied et de poings, leurs grognements s'amplifiant.

Un commis de cuisine apparut en entendant le grabuge, mais se figea de peur sur le pas de la porte, les yeux écarquillés à la vue de ce qu'il se passait, avant de se replier prestement.

Mon estomac se serra en les voyant se battre. Ils se comportaient comme les pires des animaux. Ils se battaient pour moi... pour me marquer. Et que faisaient-ils de ce que moi je voulais ? Les paroles de Deimos persistaient dans mon esprit, à propos de Luther qui trouverait une autre fille après m'avoir brisée... Était-ce un mensonge, ou étais-je trop aveuglée par l'attention qu'ils me portaient pour voir la vérité ?

Je tremblais.

J'étais transie de peur, rien n'aurait pu me préparer à une telle chose. Prenant mon souffle, je me mis à courir, dépassant la bagarre pour me ruer dans le couloir. Je ne m'arrêtai pas ni ne regardai en arrière jusqu'à ce que j'atteigne ma chambre et m'y enferme. Dos à la porte, je serrai mes bras sur moi et me laissai glisser à terre.

– Mais qu'est-ce qui vient de se passer ?

Je pressai ma main tremblante contre mon cou qui m'élançait, et je suçotai la coupure sur ma lèvre inférieure.

Comment pouvais-je rester ici avec trois princes bien plus dangereux que je ne l'avais imaginé ? L'un était dominateur et terrifiant. L'autre était cruel en paroles. Et le troisième avait de toute évidence ravi mon cœur.

CHAPITRE 17

*R*éveille-toi ! chuchota une voix de femme dans mon oreille.

Elle avait posé la main sur mon épaule et me secouait.

Il me fallut quelques secondes pour remettre de l'ordre dans mes pensées. Le palais, les princes, Luther…

– Dana ? demandai-je, un peu sonnée, en me frottant les yeux.

Quelqu'un se tenait au-dessus de moi dans le lit, l'obscurité masquant ses traits ; les poils de ma nuque se hérissèrent.

– Lève-toi, Guendolyn. Vite !

La terreur soulignait chacun de ses mots.

– Attends, tu n'es pas Dana.

Ni Livy. La panique me frappa en pleine poitrine,

comme si j'avais reçu un boulet de démolition, m'arrachant au sommeil.

– Qui es-tu ?

Est-ce que Luther avait laissé la porte déverrouillée ?

Elle se redressa, révélant un corps souple ; elle était grande, elle devait dépasser le mètre quatre-vingt-cinq. Un reflet d'argent scintillait dans ses yeux. Elle me parut familière, mais je ne parvenais pas à déterminer qui je regardais.

Elle claqua des doigts et une flamme s'alluma dans un petit globe posé dans sa paume. La lumière augmenta, illuminant son visage, et je me relevai dans mon lit, plissant les yeux pour mieux la voir.

Des yeux gris. Une peau de porcelaine luisante. Ses cheveux se confondaient dans la nuit, et de longues oreilles d'elfe en pointaient.

« *Les oreilles pointues sont plutôt une caractéristique familiale* », avait dit Deimos.

– Tu es en danger, Guendolyn. Il faut qu'on s'en aille maintenant.

– Attends, Áine ?

C'était la propriétaire de la galerie qui avait m'avait planté ses ongles dans le bras jusqu'au sang, avant de disparaître… Elle m'avait appelée Guendolyn à la galerie, mais à ce moment, elle n'avait pas de longues oreilles.

– Qu'est-ce que tu fais ici ?

Mais alors même que ces mots quittaient mes lèvres, je connaissais la réponse. Je savais que d'une manière ou d'une autre, elle venait de ce royaume. Elle avait toujours su des choses sur moi. J'avais le tournis.

Je reculai sur le lit, hors de sa portée, et repoussai les couvertures à coups de pied pour me lever.

– Tu le savais, n'est-ce pas ? Quand tu as vu mon tableau, tu savais que c'était là d'où je venais ?

Ces paroles me paraissaient étranges et maladroites, parce que j'étais en train d'admettre que j'étais née dans le Royaume Errant. Depuis mon arrivée, je n'avais connu aucun épisode psychotique. Peut-être que tout n'avait été que dans ma tête, mais mes émotions et mes pensées me semblaient bien trop réelles.

Àine hocha la tête et soupira.

– Je t'ai cherchée, et tu n'aurais pas pu échouer dans pire endroit. (Elle fit le tour du lit et je reculai.) Ce sont tes ennemis, m'expliqua-t-elle.

– D'accord, tu m'as trouvée. Tu peux me ramener à la maison ?

Je déglutis avec peine. C'était peut-être ma chance de rentrer enfin.

Elle secoua la tête et mon espoir vola en éclats.

– Je suis ici pour te ramener à ta mère. Ta véritable mère.

Je me raidis et l'observai, essayant de détecter le moindre mensonge sur son visage.

– Tu connais ma mère ?

Elle acquiesça, et ses cheveux rebondirent sur ses épaules quand elle s'approcha.

– Pourquoi crois-tu que j'aie eu besoin de te rencontrer après avoir vu ta peinture ?

Elle tendit la main pour la poser sur mon bras, mais je la retirai.

J'avais la bouche sèche et j'étais incapable de bouger. Je n'arrivais pas à avoir les idées claires. Tous les évènements de la semaine dernière s'emmêlaient dans ma tête, ainsi que toutes les conversations que j'avais eues au fil des ans avec Luther.

– Tu as enfoncé tes ongles dans mon bras, tu m'as transpercé la peau, et puis tu as disparu.

Elle poussa un soupir exagérément bruyant.

– J'ai tellement de choses à t'apprendre au sujet de ce royaume. À moins d'avoir le pouvoir de la langue comme certains faë, le seul moyen de voyager d'un royaume à l'autre, c'est par le biais de la magie et du sang. Mais je n'ai pas le temps de t'expliquer les détails… pas encore.

Je secouais la tête, essayant de tout intégrer, mais tout me ramenait à ma mère, et au fait que j'avais toujours attendu un tel moment.

– Mais Luther…

– Sais-tu au moins qui sont vraiment les trois princes ?

Elle me toisa, la flamme du globe dans sa main éclairant sous son menton, projetant les ombres vers le haut, la défigurant. L'espace de quelques secondes, elle parut différente. Des yeux plus grands, un nez plus long, des lèvres pincées.

Mon estomac se contracta, et mon dos heurta le mur froid.

– Ce sont des monstres qui te briseront jusqu'à ce qu'il ne reste plus rien de toi. Remercie la lune que je t'aie trouvée avant qu'il ne soit trop tard. (Elle tendit la main et ses doigts enserrèrent mon poignet.) Ils ne sont même pas les véritables héritiers de cette cour.

Son débit de parole était rapide et tranchant.

– Qu'est-ce que tu veux dire ?

– Quand le roi de la Cour des Ombres s'est remarié, sa nouvelle reine a amené ses trois fils d'un premier mariage ; ils sont devenus les prétendants au trône car elle est devenue stérile après leur naissance. Mais je pourrai t'expliquer toutes ces choses quand nous serons en sécurité. Quelqu'un te veut du mal, ils viennent pour toi, et je suis là pour t'aider.

– Je veux d'abord parler avec Luther.

Quelque part dans le couloir, un gémissement nous parvint, et elle regarda par-dessus son épaule, me tirant plus près d'elle.

– Tu auras le temps, mais d'abord, viens voir ta mère. Découvre la vérité sur ce qui s'est passé, et comment tu es devenue la fille perdue du Royaume Errant.

Pendant si longtemps, j'avais imaginé ce jour où maman viendrait finalement me chercher et m'expliquer comment on m'avait volé à elle. Ou une dizaine d'autres scénarios que j'avais inventés. N'importe quoi sauf maman qui m'aurait abandonnée. Jamais elle n'aurait fait une chose pareille.

Mais à présent je me sentais déchirée : j'avais en tête l'avertissement de Luther, et une envie sauvage et désespérée de retrouver ma mère, découvrir qui j'étais... ne plus être enfin la fille qui a un trouble mental. C'était ce que j'avais recherché durant toute ma vie, je voulais... j'avais *besoin* d'une échappatoire.

Un contact léger comme une plume frôla mes pensées, m'ôtant toute angoisse, et je détendis mes épaules : ma décision était soudain limpide.

Quand je levai les yeux sur Áine, ses yeux semblèrent scintiller, puis elle sourit.

– On y va ? Nous n'en avons pas pour longtemps.

Elle posa la lumière dans ma main, ce globe pulpeux recelant une minuscule flamme qui vacillait et dansait à l'intérieur, se courbait et se redressait alors que je faisais rouler la boule dans ma main.

Áine me fit traverser la chambre, marchant à pas précipités sur ses talons. Je sentais monter en moi l'excitation à l'idée de voir maman, de pouvoir enfin lui demander pourquoi j'avais été abandonnée dans les bois.

– Ta mère est très excitée de te rencontrer.

Je hochai la tête, la gorge serrée, tout en tremblant de peur à l'idée de découvrir qu'elle avait décidé de se débarrasser de moi parce que je n'avais pas été à la hauteur de ses attentes. Parce que quelque chose n'allait pas chez moi.

Dans le couloir obscur, Áine me tira vers la gauche. Je jetai un œil derrière moi dans le corridor baignant dans la nuit, où une chose épaisse et noire gisait à terre près d'une statue d'ours. Je levai la main qui tenait le globe, et la lumière s'étendit pour éclairer quelqu'un étendu face contre terre, ses cheveux roux éparpillés sur le tapis. Du sang maculait le sol et la patte de l'ours.

La chair de poule m'envahit et je me stoppai net, luttant contre Áine.

— Livy?

– Elle fait partie des ennemis, gronda Áine à mon oreille. Elle aurait mené ceux qui te veulent du mal à ta porte.

– Donc tu l'as tuée ?

Mon cœur fut pris dans un étau de glace, presque au point de s'arrêter de battre.

– Il faut qu'on parte avant qu'ils n'arrivent.

Elle serra ma main et je trébuchai, mais je luttai contre son emprise. Ce n'est qu'à ce moment que je remarquai qu'une partie du mur s'était ouverte sur un passage secret.

Mon pouls s'accéléra, parce que rien ne me semblait normal. J'aurais dû écouter ce que me disaient mes tripes.

– Stop. Je ne vais nulle part avec toi.

Áine pivota vers moi si vite que j'en eus le souffle

coupé. Elle posa la main sur mon front, et une odeur de lavande amère envahit mes sens.

– Dors.

Je repoussai sa main, et ce toucher léger comme une plume frôla de nouveau mon esprit, embrouillant mes pensées, me les volant. Mes paupières devenues trop lourdes se fermèrent, les ténèbres se refermèrent sur moi à toute vitesse et mon monde s'évanouit.

CHAPITRE 18

J'étais sur un siège froid en mouvement, le nez gelé, de l'air frais emplissait mes poumons. Je me forçai à ouvrir les yeux.

Ma vision se précisa : j'étais à l'intérieur d'un petit carrosse dont les parois étaient couvertes d'un luxueux tissu noir ; des clous d'argent ponctuaient l'encadrement des vitres et de la portière. Áine était assise en face de moi, jambes croisées, m'étudiant avec un sourcil arqué.

– Tu as bien dormi ? s'enquit-elle d'un ton calme, comme si elle ne venait pas de me kidnapper.

Je me renfrognai et serrai les dents.

– Bien sûr que non.

Je regardai par la fenêtre et m'aperçus que nous filions à une allure extraordinaire à travers la forêt. Qu'est-ce qui tirait l'attelage, des dragons ?

– On va où ? Ramène-moi au palais. Tout de suite.

Je tremblais fort, mais refusai de le lui laisser voir. Elle n'avait pas l'air d'être le genre de personne à se laisser facilement influencer par ses émotions. Et je ne lui faisais pas du tout confiance, même si mon esprit ne cessait d'osciller entre une tentative d'évasion et découvrir si elle connaissait vraiment ma mère.

– Trop tard. On a déjà voyagé presque toute la nuit.

Elle haussa les épaules, et un poids me tomba dessus en découvrant que nous étions déjà si loin du palais.

Elle était emmitouflée dans un manteau blanc garni de fourrure sur les revers, ses mains gantées reposant sur ses genoux. Ses cheveux noirs étaient tirés en arrière. Elle semblait parfaitement à l'aise, alors que j'avais des fourmis dans le bras, car j'avais dormi dessus.

– Je me suis servie de cerise d'hiver, m'expliqua-t-elle, comme si j'étais censée savoir de quoi elle parlait. Et un peu de poudre de lavande pour t'aider à te calmer. Apparemment, ça t'a fait dormir.

Elle afficha un sourire en coin, car elle en connaissait d'avance le résultat.

Le vent sifflait à travers les interstices de la portière du carrosse, et le courant d'air me caressait de ses doigts glacés. Je frissonnai et frottai mes mains l'une contre l'autre ; je découvris que je portais un long manteau noir. Je l'ouvris et remarquai que j'étais toujours dans mon pyjama orné de lunes souriantes. Après tout, pourquoi ne pas rencontrer tout le monde en pyjama ? Puis je repérai les bottes noires à mes pieds, et remuai les orteils à l'intérieur. Pas mal niveau pointure, étant donné que ce n'étaient pas les miennes.

– On t'habillera correctement avant ta rencontre avec ta mère.

– En quoi c'est important, ce que je porte ?

Rien de tout cela n'était normal, et me retrouver forcée de suivre Áine me hérissait littéralement. J'avais une envie folle de rencontrer ma mère, mais il y avait encore tant de choses que je ne comprenais pas dans tous ces jeux dont les faë semblaient férus. Surtout celle-ci.

– Tu ne me crois toujours pas ?

– Pas après que tu as tué Livy ! m'écriai-je. (L'image de son corps dans le couloir me hantait.) Pourquoi ne pas l'avoir attachée, ou quelque chose comme ça ? Sa famille va être dévastée.

– Elle n'a pas de famille. Les serviteurs n'en ont pas. Ça fait partie de leur travail. Aucun lien avec le monde extérieur.

Même si elle s'était montrée grincheuse la plupart du temps, elle nous manquerait quand même, à Dana et à moi. Pauvre Livy !

Les roues du carrosse heurtèrent quelque chose de dur, et je fus projetée en arrière sur mon siège.

Áine chancela en avant, se rattrapa en plaquant ses mains sur les vitres du petit carrosse.

– Je n'ai aucune sympathie pour mes ennemis. (Elle se redressa sur son siège, repoussa ses cheveux de son visage.) Les royaux de la Cour des Ombres sont aussi froids que nos hivers. Ils ont fait couler assez de sang dans mon royaume pour savoir qu'ils sont les véritables monstres en ce monde.

Elle avait l'air terriblement amère – conséquence d'une haine trop longtemps retenue.

Le carrosse cahota et nous fûmes ballottées de droite et de gauche. Je commençais à avoir la nausée, mais je n'avais pas dîné après la bagarre entre Luther et Deimos, alors je n'avais rien à vomir. Je portai la main sur le côté de mon cou, où une petite croûte avait déjà cicatrisé là où il m'avait entaillé la peau ; l'endroit était encore douloureux. Je ne comprenais pas ce flirt agressif, ni pourquoi mes genoux flanchaient en sa présence. Exerçait-il une sorte de pouvoir sur moi ?

Áine m'observait, et je remontai sur mon cou le col de mon manteau. J'observai l'extérieur tandis que nous filions à vive allure à travers bois. J'avais mal à la tête. Et si elle avait raison au sujet de ma vraie mère ? Allais-je rester ici, ou retourner au palais de Luther ? Je ne pouvais pas attendre qu'il se réveille et se rende compte que j'avais disparu, pour qu'il m'atteigne en esprit.

– Bon sang, pourquoi est-ce qu'on va aussi vite ?

J'avais la gorge contractée par la peur, parce que nous étions loin du royaume, et que jamais je ne pourrais retrouver mon chemin.

– Les damnés du sang, constata Áine, et je la regardai sans comprendre.

– Je suis censée savoir ce que cela signifie ?

Je me passai une main sur le visage, frustrée au plus haut point qu'on m'enlève de cette manière. Personne ne saurait ce qui m'était arrivé, et reverrais-je même jamais Luther ? Ma vie m'échappait, je perdais le contrôle sur toutes choses.

– Une race maudite de suceurs de sang. Quand ils ne se sont pas nourris depuis longtemps, la frénésie de sang s'empare d'eux et ils attaquent tout ce qui bouge.

– Et tu penses qu'ils sont dehors en ce moment ?

C'était presque un glapissement que je poussai en scrutant les bois, plissant les yeux à la recherche du moindre mouvement. J'étais pétrie de peur, oppressée.

– Peut-être. Difficile à dire, mais en bougeant rapidement, on n'attirera peut-être pas leur attention.

Sa voix était douce, comme si nous parlions météo et pas de bêtes qui pourraient nous tuer.

Je ne pouvais cesser de scruter la forêt à présent. Mes genoux tressautaient.

– Alors, à quoi ils ressemblent ? Des loups enragés ? Des ours ?

– Des faë.

Un cahot sur la route me précipita en avant et je lançai les mains devant moi, agrippant les côtés du carrosse pour m'empêcher de tomber tête la première sur Áine.

– Ce sont des faë ? haletai-je.

– C'en était autrefois, jusqu'à ce que la malédiction les infecte et les change. À présent, ils sont sensibles à la lumière, chassent le sang, et augmentent en ombre à chaque nouvelle victime.

Mon estomac se retourna. Je repensai à Luther quand il m'avait emmenée dans sa grande roue, au bruit qu'il avait entendu. Était-ce un damné du sang ?

– Donc ils sont comme des vampires ?

– Tu peux les appeler comme ça si tu veux.

Le dos collé au siège en bois, je ne cessai de scruter l'extérieur, imaginant des faë aux yeux rouges et aux longs crocs. Ils en avaient déjà la pâleur.

– Est-ce qu'on peut aller plus vite ?

Áine émit un petit rire.

– Parle-moi de ma mère, lui demandai-je, afin de détourner mes pensées de ces monstres dans les bois. Est-ce que papa est aussi avec elle ?

Elle marqua une pause.

– C'est compliqué entre tes parents. Ta mère est magnifique, elle a un sourire magique. Sa gentillesse n'est comparable à nulle autre dans le royaume. Elle attire l'attention de tous les hommes qui lui plaisent, comme toi, j'en suis sûre.

Son commentaire me prit au dépourvu, mais je me contentai de soupirer et détourner le regard. J'avais le cœur brisé pour Livy, j'avais peur des damnés du sang, et j'étais terrifiée par l'endroit où elle m'emmenait. Je ne savais pas quoi penser d'Áine, je n'arrivais pas à me décider si je pouvais ou non lui faire confiance.

Je frissonnai encore, et le silence retomba. Mes pensées dérivèrent vers Jen : bien qu'elle n'ait pas toujours été une mère parfaite, elle avait pris soin de moi. Que faisait-elle à présent ? Pleurait-elle ma disparition ? C'était douloureux de penser qu'elle souffrait, et je n'avais aucun moyen de lui faire savoir que j'étais en vie.

J'ignorais combien de temps était passé, mais au loin pointaient les lueurs bleues et dorées du soleil levant. Mon dos s'appuya sur le dossier de mon siège tandis que nous grimpions dans la montagne. C'était mieux qu'Áine, qui devait se retenir d'une main à la paroi pour éviter de glisser en avant.

Soudain, un choc sourd frappa le toit métallique du carrosse, nous faisant légèrement vaciller.

Je me recroquevillai sur mon siège en levant les yeux, puis jetai un regard à Áine.

Elle avait les lèvres pincées, et la peur transparaissait dans son regard.

– Enfoirés de l'enfer.

– Je t'en prie, dis-moi que ce ne sont pas les damnés du sang…

Elle se pencha pour passer une main sous son siège.

– Tu te sentirais mieux ?

– Oui !

Mon cœur battait à tout rompre, j'aurais juré qu'il allait exploser.

Elle sortit un long poignard ; la lueur argentée de la lune scintillait sur l'acier.

Áine se saisit du manche à deux mains et attendit.

Je frémis, serrai mes bras contre moi.

Elle sourit, savourant ce moment, tandis que ma respiration s'accélérait, lourde et rauque.

– Donc on peut les tuer avec une épée ? Je suppose que c'est dans le cœur qu'il faut la planter ?

– Rien que dans le cœur ? Ils peuvent mourir aussi aisément que toi et moi, mais le vrai danger, c'est quand ils chassent en meute. Ils sont rapides et on ne peut pas les arrêter. Heureusement, ils ne sont pas toujours synchronisés.

– Génial.

À présent, les images qui me venaient en tête provenaient des films de zombies que j'avais vus, où c'étaient toujours les pires d'entre eux qui vous pour-chassaient. Ils me terrorisaient.

Áine se rassit.

– On n'en a plus pour longtemps maintenant.

Sur ces mots, quelque chose heurta la vitre et s'y cramponna comme une araignée, faisant osciller le carrosse d'un côté à l'autre.

Je tressaillis ; j'étais glacée de terreur.

– Doux Jésus, on va mourir.

La créature portait des haillons en lambeaux, des coupures et des blessures sur les bras et le cou ; sa peau était pâle et sale. Ses yeux noirs étaient enfoncés dans son visage creux, et ses crocs dépassaient sur sa lèvre inférieure. Le suceur de sang siffla, sa main érafla la portière.

Áine bondit, poignard brandi, ouvrit la portière d'un coup de pied et planta sa lame droit dans la gorge du monstre.

Ses yeux s'écarquillèrent avant qu'il ne tombe en arrière.

Une rafale de vent glacial s'engouffra dans le carrosse, fouettant mes cheveux et mes vêtements.

Je me tassai dans un coin pendant qu'Áine plongeait pour refermer la portière et laisser le froid dehors. Elle essuya le sang du poignard sur son pantalon et se rassit, sans lâcher son arme.

– Tu vois, tu n'aurais jamais dû m'emmener hors du palais, remarquai-je. Au moins j'étais en sécurité là-bas.

– J'ai de sérieux doutes à ce sujet.

Sa suffisance m'agaçait. Et j'étais terrorisée à l'idée de comment survivre à ça.

– Les chevaux et le cocher ! m'écriai-je. Ils pourraient se faire attaquer.

Une forme floue passa devant ma vitre, me faisant sursauter.

– Calme-toi. Il n'y en a pas. C'est un carrosse enchanté qui sait où il doit nous emmener, et ne s'arrêtera sous aucun prétexte. Il faut juste que je continue à repousser ces horreurs jusqu'à notre arrivée.

– Je ne peux pas me calmer avec ces choses qui rôdent. Je vais mourir, hein ? Ensuite je reviendrai comme l'un de ces monstres sans âmes, et c'est toi que je viendrai chercher en premier.

Elle haussa un fin sourcil, puis baissa les yeux sur le poignard qu'elle tenait avant de les relever sur moi. Mais elle ne me m'effrayait pas, quand dehors des monstres cherchaient à boire mon sang.

Mes pensées se bousculaient, se ruaient sous mon crâne. Une autre forme floue fila dehors, et je frémis.

– Je déteste cet endroit. Ici, on souhaite ma mort, on veut mon sang. Les zombies dans la forêt, le maudit prince, et ensuite…

– Tu les as laissés goûter ton sang ?

Je gardai bouche close.

– Dis-moi la vérité !

Son visage se fit plus dur, ses yeux s'emplirent d'horreur. Ce regard de dégoût était-il dû au fait que j'avais laissé les princes s'approcher de moi, ou était-ce quelque chose de pire ?

– Pourquoi tu me demandes ça ?

– Quelle idiote ! (Elle secoua la tête.) Un ancien va devoir te purifier. Il n'est peut-être pas trop tard pour l'enlever complètement de ton organisme.

– Enlever quoi ?

Elle me faisait peur. Elle se pencha et me tira par le bras.

– Une fois qu'un faë a pris ton sang, tu lui appartiens. C'est ce que vous les humains vous appelez le mariage.

Je me rejetai en arrière, prise d'un rire hystérique, même s'il n'y avait rien de drôle. Rien du tout.

– C'est ridicule.

– Si on n'enlève pas rapidement la marque, tu devras les servir pour toujours, jusqu'à ce qu'ils décident de te relâcher. C'est à dire jamais. Ces enfoirés te tueront plutôt que te laisser partir, cracha-t-elle, les tendons du cou tendus. Ils te pourchasseront, et cette marque qu'ils t'ont faite sera comme une balise pour eux.

J'en eus le souffle coupé ; je ne pensais qu'à une chose, Luther léchant mon poignet ensanglanté dans mon rêve. Deimos me mordant la lèvre et le cou, goûtant mon sang. *Espèce d'enf...*

Quelque chose heurta le carrosse si fort qu'il bascula sur le côté, et nous nous retrouvâmes sur deux roues.

Je hurlai, glissai sur le siège et heurtai la paroi. Face à moi, Áine gémit et se hissa vers le côté le plus haut du carrosse.

– Merde !

J'allais mourir ici, je le savais, je le savais !

Tout se passa très vite. Le carrosse resta sur deux

roues une fraction de seconde, et je retins mon souffle, m'agrippant au siège. Puis le véhicule s'affala sur le côté. Je tressautai et me cognai la tête au plafond. Je vis des étoiles, agitai les bras et les jambes en tous sens, emmêlée avec Áine, ses pieds au niveau de ma tête.

Elle se débattait avec le poignard à la main, et dans l'élan, elle le projeta vers moi.

Ma vie défila devant mes yeux.

La mort approchait rapidement.

Je ne reverrais plus jamais ma famille, ni Luther, ni qui que ce soit d'autre. Les monstres boiraient mon sang, et je deviendrais l'un d'entre eux.

Bon sang, non !

La pointe de la lame d'Áine s'arrêta à quelques centimètres de mon visage. J'étais étendue sur le dos, jambes en l'air, quasiment la tête en bas. J'étais trempée de sueur. Le souffle court. J'avais failli mourir. Presque. Bon sang, j'avais failli mourir.

Áine se tenait au-dessus de moi, agrippant son poignard, figée durant quelques secondes. Elle était très pâle. Elle rengaina rapidement son arme.

– Tu aurais pu me tuer ! hurlai-je.

Elle marmonna, la lèvre fendue, du sang plein le menton. Quant à moi, j'avais l'impression que ma tête avait été brisée en deux. Je me frottai l'arrière du crâne, et mes doigts revinrent maculés de sang. *Merde.* Avais-je besoin de points de suture ?

Un grognement sauvage retentit à l'extérieur, et je

me mis à trembler, fixant la portière au-dessus de nous. Nous étions comme des sardines en boîte, attendant que ces choses viennent nous dévorer. Je me démenai pour me relever.

Áine se pencha, saisit mon manteau par l'épaule et me hissa sans peine sur mes pieds.

– Je les retiens, et toi tu cours. Cours comme tu n'as jamais couru de ta vie, et franchis les grilles dorées en haut de la colline. Le palais est protégé. Les damnés du sang ne peuvent pas les franchir. Ne regarde jamais en arrière, quoi qu'il arrive. Compris ?

Je hochai la tête, mais me trouvai incapable de bouger, terrifiée à l'idée de sortir.

– On ne peut pas attendre le lever du soleil ici ?

Je serrai mes bras autour de moi, le dos contre la paroi.

Elle ouvrit la portière et attendit un moment, observant la forêt.

– Ils ne vont pas tarder à être attirés par l'odeur de notre sang. Et ils détruiront ce carrosse pour nous atteindre.

Áine glissa son poignard par la portière et le posa sur le côté du carrosse. Prenant appui d'un pied sur le siège, elle se hissa dehors. Elle s'agenouilla, scanna rapidement la zone et passa son bras à l'intérieur.

– Prends ma main, murmura-t-elle. On bouge vite.

Je saisis son bras et suivis son exemple, me propulsant grâce au siège. Elle me tira à elle ; mon ventre était appuyé contre le cadre de la portière. Battant des jambes, je parvins à sortir.

Áine balaya le paysage du regard. Le ciel rougeoyant au-dessus de l'horizon éclairait la cime des arbres, mais il faisait très sombre dans la forêt, on y voyait à peine.

Le poignard dans une main, la mienne dans l'autre, Áine me hissa sur le bord. Avant que je reprenne mon souffle, elle me poussa en avant, et nous sautâmes au bas du carrosse.

Nous atterrîmes avec un bruit sourd sur le sol dur ; mon estomac fit un bond.

Mon cœur battait la chamade, mon regard volait de droite à gauche.

– Le soleil est presque levé, ils vont bientôt battre en retraite. Maintenant, va-t'en !

– On peut peut-être tenter d'attendre dans le carrosse ? lançai-je d'un ton précipité.

Elle me jeta un regard noir et me poussa de l'épaule en direction du chemin qui grimpait sur au moins trois cents mètres jusqu'en haut de la colline. D'immenses pins nous cernaient. Le chemin était encore plongé dans l'obscurité, et la peur me figeait. Je n'avais pas d'arme, rien.

– Cours !

Áine plaqua une main dans mon dos et me poussa.

Je me mis à courir aussitôt, fonçai dans la colline, mes bottes martelant le sol.

Ce fut plus fort que moi : je tournai la tête une fraction de seconde.

Áine courait derrière moi, poignard en main, scrutant les alentours, assurant ma protection.

Je n'avais aucune idée de qui était cette femme... une gardienne de ma vraie mère ? Elle ne ressemblait en rien à la galeriste de chez moi.

De chaque côté, des branches et des feuilles craquèrent, et un cri monta dans ma gorge.

De l'ombre sur ma droite surgit une silhouette qui fonça droit sur nous. Une peau pâle, tachée de sang. Des haillons qui pendaient sur son corps émacié.

– Cours ! cria Áine.

Je me propulsai vers le haut de la colline comme elle me l'avait dit, sans m'arrêter.

Des grognements, et l'horrible déchirement de membres arrachés se firent entendre derrière moi. La terreur m'inondait. J'aperçus enfin le sommet de la colline. Concentrée sur ma course, je ne réagis pas assez vite quand un autre maudit du sang émergea tout à coup à ma gauche.

Il s'écrasa sur moi et me fit perdre l'équilibre.

Je hurlai, balançai des coups de pied, de poing.

Ses dents claquèrent bien trop près de mon visage ; il sentait les ordures en décomposition. Je frappai son cou de mes poings en hurlant, tendis les muscles pour l'écarter de moi. Il avait des yeux noirs comme l'enfer, des crocs allongés, des lèvres pelées et craquelées.

Quelque chose heurta le vampire de plein fouet, et ils roulèrent loin de moi si vite que je n'eus pas le temps de voir ce qui se passait. Je me relevai d'un bond et repris ma course vers le sommet de la colline.

Une cacophonie de grondements explosa autour de moi. Je tournai la tête un bref instant et vis un loup noir aux crocs énormes affronter trois vampires, à l'endroit où s'était tenue Áine une seconde plus tôt. Quelque part, je savais que c'était elle… ce ne pouvait pas être autrement. Je me retournai pour courir, mais l'image du corps de Livy me revint à l'esprit. Je n'étais pas comme Áine. Je ne pouvais pas m'enfuir s'il y avait le moindre risque qu'elle meure.

– Putain, marmonnai-je en pivotant.

Je retournai en courant auprès d'elle, ramassant une branche au passage en guise d'arme.

Des bras costauds entourèrent ma taille, mon dos fut pressé contre un corps dur comme de la pierre. Je lâchai ma branche sous l'impact, hurlai et me débattis contre mon agresseur.

– Tranquille, petite louve.

Les mots murmurés me frôlèrent l'oreille.

Je sursautai et tournai la tête : Luther était derrière moi. Du sang coulait sur sa joue, il avait une entaille sur sa chemise, le tissu était déchiré. Pas de plaie béante à première vue.

– Oh, mon Dieu, d'où tu sors ? (Je me tournai

pour l'étreindre, je ne voulais plus jamais le quitter.)
Pourquoi tu ne m'as pas contactée par la pensée ?

Tout d'abord il ne répondit rien, il prit ma main et grimpa la colline en courant avec moi.

– Quoi que je fasse, je ne parvenais pas à te joindre, mais je pouvais te sentir, alors j'ai couru pour te retrouver.

La peur s'empara de moi à l'idée que la poudre de sommeil d'Áine ait pu empêcher Luther d'accéder à mon esprit. Par-dessus mon épaule, je la vis se jeter sur deux maudits de sang, le troisième était déjà étalé ses pieds. Même si elle avait tué Livy, elle essayait de me protéger. Je ne pouvais pas la laisser.

– Il faut qu'on l'aide !

Sa main serra plus fort la mienne.

– C'est un assassin, elle peut très bien prendre soin d'elle, siffla-t-il en courant, me tirant auprès de lui.

Assassin ? J'avais mal au cœur d'essayer de suivre tout ce qui se passait. Si elle avait l'intention de me tuer, alors pourquoi me protéger des damnés du sang ?

Luther était vif comme l'éclair, et je trébuchais en essayant de le suivre. Arrivés au sommet, un énorme château nous apparut. Le même royaume que dans mes rêves. Une étrange impression de déjà-vu me frappa, comme si j'étais déjà venue ici…

Je secouai la tête, incrédule, devant le château qui brillait à l'horizon. Cinq grandes tours aux toits pointus dominaient le ciel, reliées par des murs de forteresse en pierre blanche. Loin du sol, ils étaient percés de quelques fenêtres.

– Le château…, commençai-je, mais Luther me tira brusquement vers la droite.

Je titubai derrière lui, incapable de m'empêcher de contempler les énormes grilles arquées forgées d'or qui s'ouvraient à quelques pas devant nous. Presque cinq mètres de hauteur, toutes en barreaux dorés et torsadés, dont les pointes formaient des têtes de lance. Elles s'ouvraient sur un passage en pavés d'or plat qui menait au château de mes rêves. Des murs de pierre s'étiraient de chaque côté des grilles, encerclant le château.

Je percutai Luther qui avait cessé de courir. Au-delà de lui, je vis une demi-douzaine de maudits de sang qui avaient renversé un autre carrosse. Ce devait être le sien.

Mon cerveau court-circuita. Je ne pouvais pas gérer ça. Je gémis, reculai, arrachant ma main à celle de Luther.

Plusieurs gardes étaient étendus morts dans des mares de sang, d'autres se faisaient dévorer par les monstres. Il y avait des gorges arrachées, des cages thoraciques lacérées.

La bile me remonta dans la gorge et je détournai le regard, horrifiée, les pieds déjà en recul, quand une branche craqua sous moi.

Un maudit de sang aux yeux blancs tourna la tête

233

vers moi et poussa un hurlement inhumain. Je grimaçai et me couvris les oreilles.

Les autres créatures tournèrent brusquement la tête elles aussi. Mon cœur se mit à battre à tout rompre, et j'eus l'impression de faire une attaque.

Les maudits de sang aux yeux blancs sifflèrent et se mirent quasiment à léviter au-dessus du sol en bondissant vers nous.

Luther fila comme le vent. Saisissant deux couteaux à sa ceinture, il croisa les bras en un clin d'œil avant de les décroiser devant le monstre qui nous agressait. Sa tête tranchée heurta le sol avant que son corps ne suive, comme un sac de pommes de terre. Le sang jaillit et gicla par terre de manière écœurante.

Des bruits de pas martelèrent le sol derrière nous.

Je me retournai. Une dizaine de maudits de sang fonçaient vers nous telles des bêtes affamées, bouches ouvertes, les yeux ravagés.

Je saisis le bras de Luther et le traînai avec moi. J'étais envahie par la peur, les yeux rivés sur la grille.

– Ils ne nous suivront pas là-dedans, Luther. Il faut qu'on y aille !

Il recula avec moi, son regard passant de la grille à moi et aux monstres qui arrivaient. La terreur avait ôté toute trace de vie de son visage.

– Non, je vais me battre pour te sauver. Tu ne peux pas entrer là-dedans, ce serait signer ton arrêt de mort.

– Tu es fou ? Ils sont trop nombreux. Luther, non, le suppliai-je, mes larmes coulant déjà. (Je m'accrochai à lui comme à une bouée de sauvetage.) Tu ne vas pas faire ça. Non, c'est hors de question, ne fais pas ça.

Mes suppliques étaient comme un disque rayé, mais je mourais à l'intérieur.

Une dizaine de maudits de sang fonçaient vers nous, alors que la grille n'était qu'à quelques mètres. Luther me fit passer derrière lui d'un coup de coude.

– Reste près de moi, petite louve.

Sa voix tremblait, et j'étais plus effrayée encore d'entendre la peur qu'elle recelait.

– Tu ne les battras pas.

J'arrachai ma main de la sienne et courus vers la grille, tellement paniquée que je ne pensais qu'à m'enfuir.

– Guendolyn, non !

À quelques centimètres de la grille, il empoigna le dos de mon manteau et me tira à lui, ses lèvres contre mon oreille.

– Tu es maudite ! cria-t-il. Tu l'as toujours été. Si tu franchis la grille de la Cour des Cendres, tu sombreras dans un sommeil éternel et le sang des faë se répandra pour l'éternité.

Je n'arrivais pas à respirer ; ses mots n'avaient aucun sens.

– Attends, quoi ? Pourquoi suis-je maudite ?

Un sifflement soudain surgit à mon oreille, et la

main de Luther vola vers le monstre à côté de moi, lui planta une lame dans l'œil. L'atroce bruit spongieux me dégoûta.

Des mains sales m'agrippèrent, m'arrachèrent les cheveux, déchirèrent mes vêtements.

– Luther ! criai-je.

Il en frappa un et sa lame fendit l'assaut, mais c'était inutile. Nous n'avions aucune chance. Est-ce qu'il ne s'en rendait pas compte ?

Tous mes muscles étaient crispés. Jamais je n'avais été aussi proche de la porte de sortie.

Je me libérai de leur emprise, mais je ne voyais rien d'autre que des monstres qui se déversaient depuis les bois. Je tendis la main vers Luther, agrippai le dos de sa chemise et le traînai à reculons avec moi.

– Guendolyn ! cria-t-il.

Sa voix était tellement sombre, pleine de peur et de désespoir.

Son pied heurta le mien et il trébucha. L'élan nous fit basculer par la grille ouverte et nous heurtâmes tous deux le sol.

Je reculai, mais les maudits de sang se jetèrent sur nous. Ils heurtèrent une barrière invisible qui étincela d'énergie et envoya des décharges aux créatures jusqu'à ce qu'elles s'effondrent.

J'éprouvais une étrange sensation de noyade, qui semblait venir de l'intérieur de moi. Quelque chose n'allait pas. Mon corps se tordit, comme si je ne rentrais pas bien dedans.

Luther se précipita vers moi et me berça dans ses bras, des larmes ruisselant sur ses joues.

– Qu'est-ce que tu as fait, petite louve ? Je ne suis pas prêt à te perdre. Je viens juste de te retrouver.

– Je ne comprends pas.

Je m'accrochai à lui, agrippant son col, mais mes entrailles se tordaient, se nouaient. Des ombres embrumèrent ma vision. Mes bras faiblirent.

– Ne me laisse pas partir, pleurai-je.

Luther me tenait serrée contre son torse. Le voir trembler était comme un couteau planté en plein cœur.

Mes mains tremblaient. La sensation m'envahissait à toute vitesse, je commençais à sombrer dans une obscurité familière.

– Je te retrouverai, me promit Luther. Je mettrai le monde à feu et à sang pour te retrouver.

Et en un battement de cils, j'étais partie.

EPILOGUE

*R*ien n'allait chez moi aujourd'hui.

Je ne savais pas qui était la personne qui me regardait dans le miroir.

Des yeux de toutes les nuances du ciel. Des joues rosies comme si j'avais couru. Des cheveux blancs brillants. Des lèvres rouge sang.

J'avais envie de crier, de rire – de ressentir quelque chose. Sauf que je ne me souvenais pas de mon nom, le manteau noir que je portais n'allait pas et je ne connaissais même pas cette chambre.

Ni le lit avec une couette ornée d'une lune souri-ante, ni la pile de manuels scolaires, ni le chevalet qui trônait près de la fenêtre. Le soleil entrait à flots et la chambre avait l'air chouette, supposai-je.

Mais ce n'était pas moi.

Le miroir scintilla et je me frottai les yeux, mais plus je regardais, plus mes traits se modifiaient. Mes cheveux s'assombrirent et descendirent jusqu'à ma taille, mon nez s'épaissit, mes lèvres pâlirent et mes pommettes s'affinèrent. En quelques secondes, l'image s'effaça et l'homme le plus magnifique que j'aie jamais vu de ma vie me sourit dans le miroir, comme s'il savait quelque chose que j'ignorais. Il avait des yeux couleur d'ambre et tout était parfait chez lui, enivrant, dangereux. Je n'aurais pu détourner le regard même si je l'avais voulu.

– Qui es-tu ? lui demandai-je, mais il continua de sourire.

Soudain la surface du miroir se mit à onduler.

Sans prévenir, l'homme en sortit, d'abord les bras, puis la moitié supérieure de son corps suivit rapidement.

Ma respiration s'accéléra, devint irrégulière, hachée.

– Va-t'en.

Je reculai, mais ses mains saisirent mon visage, me retenant. Sa bouche captura la mienne et m'embrassa si brutalement, avec tant de force que je grimaçai, plantant mes poings dans ses épaules.

Nos langues luttaient avec avidité. Il persista, poussa encore et encore, envoyant des frissons sauvages dans mon échine, réveillant des sensations qui me semblaient familières et terriblement tentantes.

Mon cœur battait la chamade et mes orteils se recroquevillèrent sur le plancher. J'étais à bout de souffle. Le feu envahit mes veines, électrisa ma chair, faisant jaillir des souvenirs.

Des palais.

Des faë.

Trois princes.

Guendolyn… C'était moi !

Et tout me revint avec la puissance d'une tempête. Tout ce que j'avais traversé me percuta de plein fouet.

Une vague de bonheur euphorique me traversa. J'inhalai son parfum musqué et boisé comme si c'était la première fois ; son odeur s'imprimait dans ma mémoire comme une photo. Au comble du soulagement, je me pressais frénétiquement contre lui. J'avais besoin de lui comme j'avais besoin d'oxygène. Je l'embrassai à mon tour, approfondissant notre baiser, tandis que mes doigts se glissaient dans ses cheveux. Je croyais l'avoir perdu.

D'un coup, mes mains le traversèrent, et je trébuchai en avant, terrorisée.

– Luther !

Son souffle fantomatique traversa mon visage et je tendis la main, mais ma tête et mes doigts heurtèrent la surface dure du miroir, tandis qu'il s'estompait. J'en agrippai fermement les bords, les mains douloureuses, brûlantes, tout pour m'accrocher à lui.

– Luther, non ! criai-je.

Ma voix se brisa.

Je frappai le miroir à coups de poing.

– Emmène-moi avec toi. Ne me laisse pas seule.

Je me mis à gémir, m'enfonçant plus encore.

Il ne vint pas… Ne revint jamais.

J'étais seule.

Surprise et en larmes.

Guen.

Guendolyn.

La fille perdue du Royaume Errant.

La fille égarée dans un monde auquel je n'appartenais pas.

Je le savais à présent.

Je ne dormais pas, ce n'était pas un rêve. Deux mondes coexistaient, et pendant des années j'avais vécu dans l'un d'entre eux, mais rêvé dans l'autre. Jusqu'à récemment, quand j'étais allée dans l'autre royaume avec Luther. Il m'avait réveillée d'une malédiction, mais m'avait abandonnée.

Je portai mes doigts à mes lèvres, contemplant le miroir. Une douleur s'épancha dans la chair rougie, palpitante et douce, et je grimaçai. La rougeur s'assombrit en une ecchymose provoquée par son baiser violent.

La voix dans ma tête, le prince qui avait volé mon cœur, avait franchi le vide pour revendiquer mes lèvres avec sa faim. Une faim que je ressentais au plus profond de mon âme et qui me déchirait à présent en mille morceaux.

Mon cœur sombra, il me faisait mal.

Ce n'était pas un rêve.

C'était un cauchemar.

– Luther !

Je frappai le miroir de mes poings une fois encore, et les larmes dévalaient mes joues tandis que mon monde s'écroulait. Je frappai encore et encore, jusqu'à ce que le verre se brise sous mon poing, projetant des centaines de minuscules poignards. La douleur me suffoquait, le sang maculait le miroir, mais il ne restait plus rien. Plus rien.

Je tombai au sol, brisée par la douleur aiguë au fond de ma poitrine, et pleurai mon prince perdu.

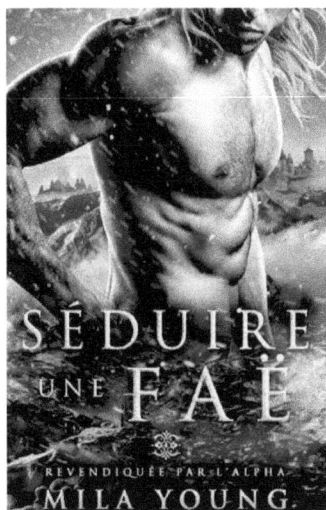

Trois faë dangereux, deux mondes en guerre, un seul sauveur qui peut changer leur destin...

J'ai quitté ma famille d'accueil et tous les fardeaux de mon ancienne vie pour prendre un nouveau départ à l'université, en espérant que les choses changeraient enfin pour le mieux. Que les cauchemars terrifiants, les visions perturbantes et les voix étranges cesseraient. Que je pourrais enfin être normale.

Mais ça ne devait pas se produire.

Trois guerriers faë, parmi les plus dangereux et les plus époustouflants, débarquent soudain dans ma vie et changent mon destin à tout jamais. Si je les écoute, je suis leur sauveuse.

Ces princes ardents ne cessent de répéter que je leur *appartiens*, que ma place est auprès d'eux dans le Royaume Errant, un endroit où l'amour est perdu, où la guerre fermente comme un poison, et où les royaux autrefois puissants sont pourchassés et massacrés par milliers.

C'est ce monde qu'ils veulent que je sauve. Mais parmi ces monstres, il ne peut y avoir de salut. Ces trois princes faë qui ont juré de me protéger gardent eux-mêmes de dangereux secrets. Des secrets qui pourraient signer mon arrêt de mort si je ne les découvre pas bientôt...

Découvrez Séduire une Faë dès aujourd'hui !

À PROPOS DE MILA YOUNG

Auteur à succès, Mila Young aborde tout avec le zèle et la bravoure des héros de contes de fées, dont les aventures ont enchanté son enfance. Elle élimine les monstres, réels et imaginaires, comme s'il n'y avait pas de lendemain. Le jour, elle joue du clavier en tant que génie du marketing. La nuit, elle combat avec sa puissante épée-stylo, réinventant des contes de fées, où les héros sexys vivent des histoires fantastiques. Durant son temps libre, elle aime imaginer qu'elle est une valeureuse guerrière, câliner ses chats, et dévorer tous les romans fantastiques qui lui passent sous la main.

Envie de lire d'autres romans de Mila Young ? Inscrivez-vous ici dès aujourd'hui. www.sub-scribepage.com/milayoung

Rejoignez le **groupe des Lecteurs Fantastiques** de Mila pour des contenus exclusifs, les dernières infos, et des avantages.
www.facebook.com/
groups/milayoungwickedreaders

Pour plus d'informations...

www.milayoungbooks.com/french-home

mila@milayoungbooks.com

Lightning Source UK Ltd.
Milton Keynes UK
UKHW040315160322
400092UK00011B/186